妈妈讲故事

专注的教育

德国妈妈代代相传的
教子枕边故事书

肖 冉 安雅宁◎主编

外语教学与研究出版社
北京

图书在版编目 (CIP) 数据

专注的教育：德国妈妈代代相传的教子枕边故事书 ／ 肖冉，安雅宁主编. ——
北京：外语教学与研究出版社，2016.8
　　ISBN 978-7-5135-8014-4

　　Ⅰ. ①专… Ⅱ. ①肖… ②安… Ⅲ. ①儿童故事－作品集－世界 Ⅳ. ①I18

中国版本图书馆 CIP 数据核字 (2016) 第 215265 号

出 版 人　蔡剑峰
责任编辑　刘　荣
封面设计　蒋宏工作室
出版发行　外语教学与研究出版社
社　　址　北京市西三环北路 19 号（100089）
网　　址　http://www.fltrp.com
印　　刷　三河市北燕印装有限公司
开　　本　710×1000　1/16
印　　张　10.5
版　　次　2016 年 9 月第 1 版 2016 年 9 月第 1 次印刷
书　　号　ISBN 978-7-5135-8014-4
定　　价　25.00 元

购书咨询：（010）88819926　电子邮箱：club@fltrp.com
外研书店：https://waiyants.tmall.com
凡印刷、装订质量问题，请联系我社印制部
联系电话：（010）61207896　电子邮箱：zhijian@fltrp.com
凡侵权、盗版书籍线索，请联系我社法律事务部
举报电话：（010）88817519　电子邮箱：banquan@fltrp.com
法律顾问：立方律师事务所　刘旭东律师
　　　　　中咨律师事务所　殷　斌律师
物料号：280140001

孩子越专注，未来越成功

有不少家长会有这样的烦恼：

"我那孩子老是粗心，瞧瞧作业本上的字，不是多一横，就是少一点。"

"我那孩子做数学题老出错，常把'='看成'—'，把'×'看成'÷'"

"我那还是女孩哪，总是丢三落四，不是忘带书，就是忘带本，还得我给她送去。"

……

孩子为什么会这么这样呢？原因是多方面的。有的孩子对学习缺乏兴趣，因此敷衍了事；有的孩子因为态度不认真，所以做事总是毛毛糙糙；有的孩子因为对家长太依赖了，总想着家长来帮助……但说到底，还是因为孩子自身缺乏专注力，所以做起事来不用心、不专心。随着孩子渐渐长大，家长需要在某些特定时候（比如上课的时候，做作业的时候，过马路的时候等）要给他特定的教育和引导，定向培养他的专注力。

在这方面，德国人的教育方式十分值得借鉴。大部分的德国孩子在两三岁的时候，都能自己认真地把饭吃完，把书看完，把拼图拼好……有的孩子甚至能安安静静地单独玩上两三个小时；等到孩子再大一点，他们一般都有固定的兴趣和爱好，并能很好地保持下去。这些都是专注的表现。

和全世界所有的孩子一样，德国孩子也不是生下来就懂得"专注"的。他们有时候也跟"小猫钓鱼"一样，三心二意。但是为了培养孩子的专注力，德国的父母和老师都很努力，家长和学校也配合得很好。比如，在德国的学校，老师极力强调课堂纪律，甚至连学生上厕所、喝水要"报告"；还要求家长让他们在家也要保持这种"高要求"，比如写作业时不要开小差，吃饭时不要看电视，在收拾好书包之前不要离开书桌……然而，德国的父母也非常尊重个体，他们一般不会主观地、武断地或粗鲁地去打断或介入孩子的正在做的事情，这不仅仅是出于对孩子的尊重，更是为了帮助他们培养专注力。

我们的孩子肯定也需要这种专注力，因为在未来的人生中，他们需要将身体与心智的能量锲而不舍地运用于解决现实的问题上。只有静下神来，心无旁骛，一心一意，他们才能更有效地把事情做好。

对孩子而言，专注力的培养越早越好。尤其是小学阶段，它是培养孩子专注力的黄金时期，在此期间，父母的教育十分重要。父母在前期越用心、越投入，后期就会越轻松、越有效。而对孩子专注力的培养，不是一句"你做事情要用点心"就可以实现的，除了实践活动，父母可以用精彩、生动、有趣的故事，让孩子明白那些你想要让他懂得的道理。

故事是培养孩子阅读兴趣的关键，故事给予的启发可以教会孩子做人的道理。在这本培养孩子专注力的故事书里：

他们会清楚，一个人的精力非常有限，应该专注于那些值得做的事情；

他们会理解，多刨坑不如深挖井，只有瞄准目标，才能做到有的放矢；

他们会懂得，每个人都不是时间的富翁，珍惜时间是做好事情的保证；

他们会明白，不管多小的事情也不能轻视，只要去做，就要认真对待；

他们将体会，细节原来如此重要，它们看似不起眼，却往往生死攸关；

他们会发现，对事情既热情又专注，能够把一个人的潜力发挥到极致；

他们会了然，认清方向，找准目标，努力坚持，是对专注的最好诠释；

……

真正的改变，首先需要深刻的理解和接受。只有孩子自己真的懂了、接受了，那么他自然就会自觉自愿，做到专心致志。

目 录

第 1 章　学会选择，专注那些值得做的事情..............1

　　在马路上骑自行车，你完全可以骑出一条直线，可要是在一根铁轨上呢？恐怕骑不了几步就会跌下来。为什么？选择不一样。成功的人往往是那些把自己逼上"铁轨"的人，他们专注于那些值得做的事情；而不成功的人则往往是因为选择太多，分散了精力，导致他们优柔寡断，犹豫不决，不知所措。

　　孩子，学会选择，有所取舍，是迈向成功的第一步。

在射箭比赛中，无论你的弓拉得多么满，箭射得多么远，如果方向不对，就无法射中目标。人生也是如此，每个人成功的前提是要找到正确的目标，然后瞄准它，并向它"射击"。

目标是茫茫沙漠中惊现的绿洲，是重重迷雾中的夜明珠，是航行浩渺大海时的指南针，是远大理想发出的光芒。孩子，如果你不想碌碌无为地度过一生，那么请你瞄准目标，勇敢向前，专心划向心中的彼岸！

第**3**章 珍惜时间，专注的力量才会更强大·········55

　　时间是世界上最宝贵的东西，任何金钱都换不回来。时间就像流沙一般，就算手握得再紧，它也会从手中流走消失，一去再也不复返。一个人无论拥有多么明媚灿烂的早晨，多么辉煌的中午，但都要遗憾地面对一个个无奈的黄昏。所以孩子，在这个有限的时间里，我们要好好抓住时间，充分利用时间，专注于有意义的事情。

有这么一首著名的民谣："少了一枚铁钉，掉了一只马掌；掉了一只马掌，丢了一匹战马；丢了一匹战马，败了一场战役；败了一场战役，丢了一个国家。"因为一枚铁钉，最后导致了一个国家的灭亡，这似乎有些夸张，但细节的确十分重要，细节关乎成败。

细节不仅决定成败，还决定一个人的命运。一个注重细节的人，一定也是一个专心做事的人，他更有可能去创造出属于自己的明天。

第5章 努力坚持，成功就会向你招手 ·············· 105

　　微不足道的沙砾要经历痛苦才能变成价值连城的珍珠，靠的是坚持；展翅飞翔的雄鹰要经过多次的尝试才能在空中自由翱翔，靠的是坚持；气质高洁的梅花要经过冷风的磨砺才能在寒冬独自开放，靠的也是坚持；平庸无闻的人要经历种种磨难才能成为一个成功、举世闻名的人，靠的又何尝不是坚持？要想成功，必须坚持！

　　专注是一种可贵的品质。一个专注的人，往往能够把自己的时间、精力和智慧凝聚到所要做的事情上来，一心一意，专心致志，心无旁骛，发挥其积极性、主动性和创造性，努力实现既定的目标。

　　因为专注，我们增长才干，完善自我；因为专注，我们激发潜能，开拓创新；因为专注，我们获得成功，赢得荣光，创造奇迹⋯⋯

第 **1** 章

学会选择，专注那些值得做的事情

在马路上骑自行车，你完全可以骑出一条直线，可要是在一根铁轨上呢？恐怕骑不了几步就会跌下来。为什么？选择不一样。成功的人往往是那些把自己逼上"铁轨"的人，他们专注于那些值得做的事情；而不成功的人则往往是因为选择太多，分散了精力，导致他们优柔寡断，犹豫不决，不知所措。

孩子，学会选择，有所取舍，是迈向成功的第一步。

卖木炭的小少爷

有一位年老的富翁，他虽然拥有很多财产，但是非常担心儿子的未来。他害怕就这样把家产留给儿子，若儿子不懂管理，反而会害了他。他想："与其把财产留给儿子，不如教他自己去奋斗。"

他把儿子叫来，对儿子说了他自己的亲身经历，讲起他如何白手起家，经过艰苦奋斗，才拥有了今天的家业。富翁的故事感动了这位从未走出家门的小少爷，激发了他奋斗的勇气。他因自己多年以来只靠家庭供养却未曾体会过创业的艰辛而感到羞愧。于是他发誓，要靠自己的努力闯出一番事业来。

小少爷派人打造了一艘坚固的大船，在亲友的欢送中出海了。他驾船经过了无数的岛屿，最后停泊在热带雨林地区。在那里，小少爷发现了一种树木，这种树木高达十余米。如果砍下这种树木，削掉树皮，留下木心，木心就会散发一种特有的香气。

小少爷把这种香木运到市场上出售，可奇怪的是，竟然没有人来买他千辛万苦从遥远的热带雨林地区带回来的树木，这让他非常烦恼。偏偏小少爷隔壁的摊位上有人在卖木炭，那小贩的木炭很便宜，买的人很多。刚开始的时候，小少爷还不以为然，因为他相信，自己手中的香木是不能跟普通的木头相提并论的。但是日子一天天地过去，小少爷终于动摇了，他想："既然木炭这么好卖，香木却无人问津，这样等下去，什么时候才能等到真正赏识香木的人呢？我为什么不把香木变成木炭来卖呢？"

当天，小少爷就把香木烧成了木炭。第二天，他把木炭挑到市场上出售，果然，木炭很快就卖光了，小少爷非常高兴。

他回到家乡，迫不及待地将自己的经历告诉了父亲。父亲听了小少爷的讲述，忍不住落泪。原来，小少爷运回来的香木，正是世上最珍贵的"沉香"，只要切下一小块香木磨成粉屑，它的价值就远远超过了一车的木炭。

德国妈妈讲给孩子的话

小少爷为什么不能坚持自己的想法呢？因为他不知道什么是"沉香"，更不知道"沉香"的价值，所以做了错误的选择。因此，当我们遇到问题时，别轻易放弃，不妨去请教有学问或有经验的人，请他们帮助自己解开心中的疑惑。只有这样，我们才能做出更加正确的选择。

传奇人物詹姆斯

詹姆斯曾是海军陆战队员，一次意外的火灾烧伤了他身上68%以上的皮肤，为此，他动了17次手术。手术后，他无法拿起笔，无法用刀叉，也无法一个人上厕所。然而，坚强的詹姆斯并不认为自己被打败了，他说："我仍可以完全掌舵我的人生之船，可以选择把目前的状况看成是一个特殊的起点。"在詹姆斯的努力下，六个月之后，奇迹出现了——他又能开飞机了！

詹姆斯的生活开始逐渐好转起来。在加州，詹姆斯为自己买了一幢别墅。后来，他和朋友合资开了一家公司，专门生产炉子，这家公司之后变成

了加州最大的私人公司。

然而，灾难在詹姆斯开办公司后的第四年再一次降临到了他的身上，他开的飞机遇到了空难，他也因此受了重伤。他的胸椎骨全被压得粉碎，腰部以下部位永远瘫痪。尽管如此，詹姆斯仍不屈不挠，经过多年的努力，他终于能够做到生活自理。后来，在他竞选国会议员时，他用一句"不只是另一张小白脸"的口号，将自己难看的面容转化成了一项有利的竞选资本。

詹姆斯的生活并没有因相貌丑陋、行动不便而受到影响。他坠入爱河，并完成了终身大事。他还拿到了公共行政硕士学位，并继续着他的飞行活动、公益演说及环保运动。

詹姆斯经常说："我瘫痪后只能做9000件事，而不是之前的10000件事。我可以把目光放在我无法再做的1000件事上，也可以把注意力放在我还能做的9000件事上。我的人生曾遭受过两次重大的挫折，我可以把挫折当成放弃努力的借口，但我没有这样做。退一步海阔天空，然后你就能说：'那真没什么大不了的，能做的事情还有很多！'"

德国妈妈讲给孩子的话

人生总是充满着戏剧性的变化。我们不知道自己计划好的目标在下一刻是否会被现实击碎。可是，不管做出什么样的选择，总比原地不动更有意义。不论面对什么样的困境，我们都要专注自己的梦想。像詹姆斯一样，在人生中受到两次重大的挫折之后，他仍旧执着地追逐自己的梦想。积极的人生就是精彩的人生。

帕瓦罗蒂

帕瓦罗蒂出生在意大利的一个面包师家庭。他的父亲是一个歌剧爱好者，他常把卡鲁索、吉利、佩尔蒂莱的唱片带回家来听。帕瓦罗蒂耳濡目染，也喜欢上了唱歌。

小时候的帕瓦罗蒂就显示出了唱歌的天赋。长大后的帕瓦罗蒂依然喜欢唱歌，但是他更喜欢孩子，并希望成为一名教师。于是，他考上了一所师范学校。在学校学习期间，一位名叫波拉的专业歌手收帕瓦罗蒂为徒，教他唱歌。

临近毕业，帕瓦罗蒂问父亲："我应该怎么选择？是当教师呢，还是成为一名歌唱家？"他的父亲这样回答："如果你想同时坐两把椅子，你只会掉到两把椅子中间的地上。你应该选定一把椅子。"听了父亲的话，帕瓦罗蒂选择了教师这把"椅子"。不幸的是，初执教鞭的帕瓦罗蒂没有树立威信，学生们就利用这点在课堂上捣乱。最终，他只好离开了学校。于是，帕瓦罗蒂又选择了唱歌。

17岁时，帕瓦罗蒂的父亲介绍他到"罗西尼"合唱团，他开始随合唱团在各地举行音乐会。他经常在免费的音乐会上演唱，希望能引起某个经纪人的注意。可是，七年的时间过去了，帕瓦罗蒂仍是无名小辈。眼看着周围的朋友们都找到了适合自己的位置，而自己连养家糊口的能力都没有，帕瓦罗蒂苦恼极了。偏偏在这个时候，他的声带上长了个小瘤。在菲拉拉举行的一场音乐会上，他发出的声音就好像是被掐住脖子的大公鸡发出的声音，于是他被满场的倒彩声轰下了台。

沉痛的失败让他产生了放弃的念头。这时，冷静下来的帕瓦罗蒂想起了父亲的鼓励和教悔，于是他坚持了下来。几个月后，帕瓦罗蒂在一场歌剧比赛中崭露头角。1961年，他被选中在雷焦艾米利亚市剧院演唱著名歌剧《波希米亚人》。这是帕瓦罗蒂首次演唱歌剧。演出结束后，他赢得了观众雷鸣般的掌声。

第二年，帕瓦罗蒂应邀去澳大利亚演出及录制唱片。1967年，他被著名的指挥大师卡拉扬挑选为威尔第《安魂曲》的男高音独唱者。从此，帕瓦罗蒂的影响力节节上升，成为活跃于国际歌剧舞台上的最佳男高音。

当一位记者问帕瓦罗蒂成功的秘诀时，他说："我的成功在于我在众多的选择中选对了自己施展才华的方向。一个人如何去展现他的才华，关键就在于他要选对人生的奋斗方向。"

德国妈妈讲给孩子的话

帕瓦罗蒂专注于自己的歌唱事业，虽然经历种种失败，但最终获得了巨大的成功。生活就是这样，时刻需要我们做出选择。孩子，你要相信自己的天赋与才华，专注于自己的选择。总有一天，你会有所收获。

一只苍蝇的梦想

他是一只普通的苍蝇，在垃圾堆里化蛹成蝇。垃圾堆是各种废料的集合体，然而对于苍蝇来说，这里却是天堂。这里有着丰富的食物，他们每天不费吹灰之力便可填饱肚子，剩余的时间便是彼此追逐，嬉戏玩耍。

他在落到垃圾堆上的刹那，某样东西突然令他眼睛一亮。那是一幅旧画，画上有一只蜜蜂在花丛中飞来飞去。那美丽的肤色、纤细的腰肢和轻盈的舞姿，都让这只苍蝇羡慕不已。令他羡慕的还有蜜蜂的工作环境，总是花香四溢，馥郁芬芳。他再瞅瞅自己生活的这片天地，总是乱糟糟、臭烘烘的。更让他恼火的是，几乎所有的人都对蜜蜂大加赞赏，而对苍蝇却鄙夷不屑，甚至怒骂唾弃。

这只苍蝇不服，觉得命运太不公平了。于是，他找到上帝，请求他把自己变成一只蜜蜂。上帝见这只苍蝇如此勇敢，对他的行为大加赞赏，然后真的把他变成了一只蜜蜂。

看着自己变成的另外一个样子，苍蝇大喜过望。他哼着歌儿，轻快地飞进了花丛。

"大家好！"他快乐地和其他蜜蜂打着招呼。"你好，欢迎你加入我们的队伍。"蜜蜂友善地冲他摆了摆触须，却并没有停下飞舞的脚步。此时他才发现，原来这些蜜蜂在花丛中飞舞并不是玩耍，而是在采集花粉。

接下来的日子，这只苍蝇像一只真正的蜜蜂那样，每天早出晚归，采集花粉，送回蜂房，放下，然后再飞出去，马不停蹄地飞向花丛，继续采集花粉，工作单调乏味不说，每天累个半死，却只能得到一点点食物。

一天两天他还觉得新鲜，可到了第三天，他就受不了了。趁大家都在忙碌地工作，他悄悄地溜开，飞回到了垃圾堆里。他以为一切还可以重新再来，不料，当他落在垃圾堆上他才发现，这里早已不再适合他——那些曾经在他是一只苍蝇时的遍地的食物，现在根本无法消化。

最终，他死在了垃圾堆上。当他的灵魂重新来到上帝身边时，上帝问他："下一世，你想做蜜蜂，还是苍蝇？"

"苍蝇！"他毫不犹豫地回答。可是，他这一生再也回不去了。

德国妈妈讲给孩子的话

这个世界上，有太多的人都在美慕成功的人，美慕他们的幸运，同时抱怨世界的不公。但在许多时候，大多数人只看到了成功者头上巨大的光环，却往往忽视了他们背后流淌过的汗水。如果你只付出了苍蝇的努力，就不要奢求得到蜜蜂的人生。如果你选择做一只蜜蜂，就要付出更多的努力。不专注于自己的选择，最终只会一事无成。

选择适合的"种子"

珍妮的学习成绩很不错，可是由于考试没有发挥好，她没有考上大学。后来，她进入小学教书。由于讲不清数学题，不到一周，她就被学生们轰下了讲台。母亲为她擦干眼泪，安慰她说："满肚子的东西，有人倒得出来，有人倒不出来，你没有必要伤心，也许有更适合你的事等着你去做。"

后来，珍妮外出打工，先后做过纺织工、市场管理员、会计，但都半途而废。然而，珍妮每次沮丧地回到家时，母亲总是安慰她。珍妮在母亲的鼓励下，不停地努力着。年过三旬，珍妮凭自己的语言天赋，做了一名聋哑学校的辅导员。后来，她又开办了一家残障学校。再后来，她在许多城市开办了残障人用品连锁店。这时的她，已经是一位拥有几千万资产的老板了。

一天，珍妮问母亲，在前些年她连连失败，自己都觉得前途渺茫的时候，是什么原因让母亲对自己这么有信心？母亲的语言朴素而简单，她说："一块地，不适合种麦子，可以种豆子；如果豆子也长不好的话，可以种瓜果；如果瓜果也不济的话，可以撒上一些荞麦种子，它一定能够开花。因为一块地总会有一种种子适合它，终会有属于它的一片收成。"

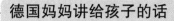

德国妈妈讲给孩子的话

对于我们每个人来说，其实都是在寻找属于自己的"种子"。我们不能期望沙漠里开满鲜花，也不能期望在水里种上小麦，但可以在黑土地上播种五谷，在泥沼里撒下莲子。只要种下了合适的种子，辛勤浇灌，等待我们的将是满满的收成。

蜕变的苍蝇

只要说起苍蝇，相信不会有人喜欢的。它与肮脏为伍，与细菌相伴；它不仅自己脏，还想方设法玷污人类的食物；它赶不尽，杀不绝，有着超级旺盛的繁殖力……可是，这么龌龊的无赖和恶棍形象，却堂而皇之地成了一个国家的钱币图案。这个把苍蝇图案搬上钱币，给了苍蝇无上尊崇的国家就是澳大利亚。

澳大利亚是个优美得让人羡慕，洁净得令人吃惊的国家。为什么澳大利亚人会把苍蝇图案弄到他们国家的钱币上呢？原来，苍蝇是澳大利亚人的骄傲。因为这个国家的苍蝇，不与肮脏为伍，不与细菌相伴。

本来，澳大利亚的苍蝇也曾生活在污秽不堪的地方，勤劳的澳大利亚人把苍蝇赖以生存的藏污纳垢之地统统消除殆尽。从城市到乡村，从山谷到河畔，到处都是云朵般的鲜花和地毯一样的绿草。世代生活在肮脏环境中的苍蝇，骤然失去了它们赖以生存的家园。

最终，澳大利亚的苍蝇绝望了。在这个国家里，它们再也找不到一处肮脏恶臭的地方。苍蝇们痛恨人类毁灭了它们的栖身之所，让它们失去了生存的根基。为了活下去，它们不得不痛苦地改变原有的生活和饮食习惯。

苍蝇的先辈们经过无数次的尝试，终于为这个物种找到了新的食物——植物浆汁。它们当然不习惯这种食物，可为了活下去，只好吞下这种难以下咽的东西。

就这样，一代一代薪火相传，生活在澳大利亚的苍蝇，早已忘记它们吃腐臭食物的习惯。它们的饮食习惯竟与高贵的蜜蜂一样，开始采食花蜜。同时，它们也承担起蜜蜂的职责——为庄稼和树木传授花粉。

丑陋裂变为美丽，肮脏转化为洁净，低贱升华为高贵。澳大利亚的苍蝇从被人唾弃的泥潭中奋力爬出来，摇身一变成为可爱的小天使，受到人们的青睐和尊崇。

因此，澳大利亚人越来越喜欢苍蝇，这小小的生灵为他们的美好生活贡献巨大。于是，他们让苍蝇登堂入室，翩然"飞落"到他们国家发行的钱币上，让人们感谢它们为这个国家立下的功勋。

德国妈妈讲给孩子的话

孩子，当我们想要抱怨的时候，可以想想澳大利亚的苍蝇。连苍蝇都可以变成受人欢迎的小生灵，受到人们的尊重和感谢，这个世界上还有什么事情不能改变呢？孩子，不管以前怎样，只要你调整方向，重新做出正确的选择，并且坚持下去，专心致志，你也会像澳大利亚的苍蝇一样，将丑陋蜕变为美丽，受人尊敬。

弗兰克开"公司"

在这所贵族高中里，学生一入学，学校就为所有的学生建立了虚拟的个人账户，每个学生都能获得一定数额的校内虚拟货币。此后，学生们要做的就是怎么利用这些虚拟货币创造出更多的财富。

每个月末，学校在盘点每名学生的个人"资产"后，推出"财富排行榜"，公布当月名列前十的"富翁"和倒数十名的"穷人"。

弗兰克拿到启动资金后犹豫了很久，不知该做些什么，于是他打电话向爸爸求助。爸爸也很踌躇，最后建议他把钱存进"银行"，稳稳当当地拿利息，因为有投资就有失败。只要有同学投资失败了，他就排在前面了。弗兰克觉得此法甚妙，于是将虚拟货币存进了校内"银行"。然而，他低估了那些同学的赚钱本事。月排行榜出来后，他竟然排在了倒数第一名。

接下来，弗兰克开始试着拿这些"钱"去投资。在尝试分析了每只"股票"的优劣后，他将所有的"钱"都押在了一只名为"魔幻信息"的"股票"上。这次他的眼光比较准，当月获得了近五个点的回报率。尽管月末他仍不幸进入了"穷人"排行榜中，但名次提前了三位。不管怎么说，他算有了一些进步。

为了跻身于"富人"行列，弗兰克开始利用课余时间拼命恶补各种金融知识。这时，同学加里斯向他提议："要想成为'富翁'，不能只炒股，押别人的成败，而应该有自己的实体。"

他的话让弗兰克豁然开朗，可是卖些什么好呢？最终，他把目标商品定位在具有民族特色的各种工艺品上。不出所料，这些有着独特民族风情的工艺品在同学中大受欢迎。他的"资产"在当月就翻了两番。随后，他的"工艺品经销公司"在校园中成立，并在一年后成功"上市"，弗兰克也成功地冲入了"富翁"的行列。

德国妈妈讲给孩子的话

我们的人生就是由一个又一个的选择组成的。有什么样的选择，就会拥有什么样的人生。学校对弗兰克的教育磨炼了他的意志，让他相信凭借自己的能力可以取得成功，也让他懂得了选择的重要性。孩子，在以后的人生中，你会遇到许多需要抉择的时刻。为了在那个时候能够做出最优选择，在此之前，你需要不断地开阔眼界，增长见识，积累经验。

索尼亚的选择

美国著名女演员索尼亚的童年是在加拿大渥太华郊外的一个奶牛场里度过的。

当时，她在农场附近的一所小学里读书。有一天，她回家后委屈地哭了，父亲问她原因，她断断续续地说："班里一个女生说我长得丑，还说我跑步的姿势难看。"父亲听后，只是微笑。忽然，父亲说："我能摸得着咱们家的天花板。"

正在哭泣的索尼亚听后觉得很奇怪，不知父亲想说什么，就反问道："你说什么？"

父亲又重复了一遍："我能摸得着咱们家的天花板。"

索尼亚忘记了哭泣，仰头看着天花板。将近四米高的天花板，父亲能摸得到？她怎么也不相信。父亲笑了笑，得意地说："不信吧？那你也别信那个女孩的话，因为有些人说的并不是事实。"

索尼亚就这样明白了，不能太在意别人说什么，要自己拿主意。

时光流逝，索尼亚长大了，大学毕业后她成了一名演员。索尼亚在25岁的时候，已经是一个颇有名气的演员了。有一次，她要去参加一个活动，但经纪人告诉她，因为天气不好，只有很少的人来参加这次活动，会场有些冷清。经纪人的意思是，索尼亚应该把时间花在一些大型的活动上，以增加自身的名气。可是，索尼亚坚持要参加这个活动，因为她在报刊上承诺过，自己要去参加这个活动。结果，那次活动因为有了索尼亚的参加而吸引了众多的观众，她的名气和人气因此骤升。

后来，索尼亚又自己做主，离开加拿大去美国演戏，从而闻名全球。

德国妈妈讲给孩子的话

索尼亚是一个有主见的孩子，她知道自己想要的人生是什么样子，也懂得如何选择，她的人生也因为她的选择变得更加辉煌。所以，孩子，我们要听从自己内心的想法，不要盲目听从别人的意见，而要相信自己的选择。

皮尔·卡丹

他出生在意大利的一个农民家庭，在他上小学时，他常被同学恶意嘲谑为"窝囊废"，这些伤人的话严重地刺伤了这个少年的心。

在中学阶段，他曾参加过校内戏剧演出，从那时起，他就对舞台产生了兴趣。他梦想自己将来能成为一名出色的舞蹈演员，能在舞台上尽情地展示舞姿。为此，16岁那年，他毅然做出了一个大胆的决定——退学，一个人独自跑到巴黎，希望自己能在这个时尚"大舞台"上用脚尖旋转出精彩的人生。

　　可是，这座冷漠的城市根本不屑瞧这个穷小子一眼，别说学习舞蹈的高昂学费了，就连满足生活的基本需求都成了问题。他没有别的特长，只有从小跟着父母学到的一点裁缝手艺。凭着这点手艺，他在一家裁缝店找到了一份每天要做十多个小时的工作。

　　他就这样做了好长时间，情绪越来越低落。他不知道自己在这个裁缝店里要干多久，不知道自己什么时候才能登上梦想中的舞台。他因自己的理想无法实现而感到苦闷。此时，母亲的离去让他倍受打击。他认为，与其这样痛苦地活着，还不如早早地结束自己的生命。

　　就在他准备自杀的当晚，他忽然想起了自己从小就崇拜的有着"芭蕾音乐之父"之美誉的布德里，他决定给布德里写一封信，讲述了自己的处境和困惑。

　　很快，他便收到了布德里的回信。在信中，布德里向他讲了自己的人生经历。布德里说，他小时候很想当科学家，也想当飞行员，还想成为一名牧师，但因为家境贫穷，父母无法送他上学，他不得不跟一个街头艺人过起了卖唱的生活……最后他说，人生在世，现实与梦想总是有一定的距离，在梦想与现实生活之间，人们首先要选择生存。一个连自己的生命都不珍惜的人，是不配谈艺术的……

　　布德里的回信让他如梦初醒。后来，他努力学习缝纫技术，凭着勤奋和聪慧，他的服装设计能力提高得很快，并在巴黎开始了自己的时装事业，建立了自己的公司和服装品牌。演艺界名流、社会上层人士、达官贵人等慕名前来订制服装。

　　他就是皮尔·卡丹。如今，皮尔·卡丹不但成了令人瞩目的亿万富翁，以他的名字命名的产品也遍及世界各地，皮尔·卡丹成了服装行业成功的典范。

德国妈妈讲给孩子的话

我们每个人都想坚持自己的梦想，当一个梦想因现实的阻挠而无法实现时，就应该学会"曲线救国"，选择更适合自己的道路。孩子，只要你播种好梦想的种子，那么总有一个梦想能在现实中开花，并结出丰硕的果实。

小鸵鸟学本领

鸵鸟妈妈深知自己不会飞翔，因此在它一生下小鸵鸟后，便请来了猫头鹰，负责教授小鸵鸟飞翔的本领。她对小鸵鸟说："孩子，我们身为鸟类，不会飞翔，这岂不悲哀啊？因此，你一定要努力，跟着猫头鹰老师学习飞翔，将来飞得高高的。"

猫头鹰教得很认真，小鸵鸟学得也很刻苦。可不知什么缘故，小鸵鸟就是飞不起来。

鸵鸟妈妈见此情景，二话没说，立即换帅，请来了雄鹰。

然而，无论雄鹰怎样循循善诱，小鸵鸟好像存心和他作对似的，仍然飞不起来。

鸵鸟妈妈有些灰心了，她伤心地说："看来不是老师教得不好，只能怪我的孩子学得不好，他这辈子是不会有什么出息了！"

这时，一直在旁边观察的兔子说道：

"鸵鸟妈妈，你为何不发挥小鸵鸟的长处，让他跟着我练习奔跑呢？"

鸵鸟妈妈双眼一亮，立即就让小鸵鸟跟着兔子练跑步。几个月后，小鸵鸟参加了动物界举行的奔跑比赛，竟然一举夺魁。

事后，鸵鸟妈妈问小鸵鸟，在教过他的三个老师中，谁教得最好。小鸵鸟认真地说："在这三位老师中要数兔子教的时间最短，可它却教会我学会奔跑，并获得了冠军。"

德国妈妈讲给孩子的话

为什么兔子是小鸵鸟最好的老师呢？兔子最成功的地方在于：它为小鸵鸟选择了适合它的学习内容，让小鸵鸟能够充分展现自己的天赋。我们也一样哟，要在自己善长的领域里努力，否则就像小鸵鸟学飞一样，再专注，再努力恐怕也很难达到满意的效果。

挑苹果

几个学生问哲学家苏格拉底："人生是什么？"

苏格拉底把他们带到一个苹果园，要求大家从树林的这头走到那头，每人挑选一个自己认为最好的苹果。不许走回头路，也不许选择两次。

在穿过苹果园的过程中，学生们认真细致地挑选自己认

为最好的苹果。等大家来到苹果园的另一端，苏格拉底已经在那里等候他们了。他笑着问学生："你们挑到了自己最满意的果子吗？"大家你看看我，我看看你，没有人回答。

苏格拉底又问："怎么啦，难道你们对自己的选择不满意？"

"老师，让我们再选择一次吧。"一个学生请求说，"我刚走进果园时，就发现了一个很大很好的苹果，但我还想找一个更大更好的。可是，当我走到果园尽头时才发现，第一次看到的那个苹果就是最大最好的。"

另一个学生接着说："我和他恰好相反。我走进果园不久，就摘下了一个我认为最大最好的苹果，可是后来我又发现了一个更大更好的苹果。所以，我有点儿后悔。"

"老师，让我们再选择一次吧！"其他学生也不约而同地请求道。

苏格拉底笑了笑，语重心长地说："孩子们，这就是人生——人生是一次无法重复的选择。"

德国妈妈讲给孩子的话

人生中有太多的十字路口，如果不懂得选择，总是犹豫不决，我们就会错过良机；如果没有认真地去思量，妄下结论，我们也会错过最好的选择。所以，在面临选择的时候，我们一定要慎重，做出最有利的决定。一旦做了选择，就要义无反顾，专注地朝着目标努力。

"傻子"科赫

1862年9日，德国哥廷根大学医学院的亨尔教授迎来了他的新学生。在对新生进行面试和笔试后，亨尔教授的脸上露出了笑容，因为，他隐约感觉到这届学生中的很大一部分人是他教学生涯中碰到的最聪明的苗子。

开学不久的一天，亨尔教授忽然把自己多年积累下来的论文手稿全部搬到教室里，分给学生们，让他们重新抄写一遍。

但是，当学生们翻开亨尔教授的论文手稿时，发现这些手稿已经非常工整。几乎所有的学生都认为根本没有重抄的必要，做这种既繁冗又枯燥的工作是在浪费时间和生命。他们的结论是：傻子才会坐在那里当抄写员。最后，他们都去实验室搞研究去了。让人想不到的是，竟然真有一个"傻子"坐在教室里抄写教授的论文手稿，这个人叫科赫。

一个学期以后，科赫把抄好的手稿送到了亨尔教授的办公室。看着科赫满脸疑问，一向和蔼的教授严肃地对他说："我向你表示崇高的敬意，孩子！因为只有你完成了这项工作。那些我认为很聪明的学生，都不愿做这种繁冗、乏味的抄写工作。"

"我们从事医学研究的人，不光需要聪明的头脑和勤奋的精神，更为重要的是，一定要具备一丝不苟的精神。特别是年轻人，往往急于求成，容易忽略细节。要知道，医理上走错一步，就是人命关天的大事啊！而抄那些手稿的工作，既是学习医学知识的机会，也是一种修炼心性的过程。"教授最后说。

果然，在以后的学习中，科赫觉得自己学习起来比较轻松，甚至会提出一些关键性问题。

1905年，科赫这个"最傻的人"获得了诺贝尔生理学与医学奖。后来，科赫在自己的自传中写道："是当年亨尔教授的一席话深深触动了我的心灵，他使我明白：再小的事情都值得认真对待。"在以后的学习和工作中，科赫一直牢记导师的话，他老老实实做"最傻的人"，一直保持着严谨的学习态度和精益求精的工作作风。

德国妈妈讲给孩子的话

对于学生来说，抄写手稿是一件微不足道的事情。但是，因为不愿意浪费自己宝贵的时间，学生们却不愿意去做。珍惜时间的想法固然不错，但是，那是教授长期积累下来的手稿，手稿里汇聚了教授多年的经验和成就，其中很多是课堂上根本就学不到的东西。真的是科赫"傻"吗？其实是那些自认为聪明的学生才傻，因为他们放弃了良好的学习机会。

两个拉琴的人

有一个年轻人，他非常热爱音乐，如痴如醉。他钢琴、笛子样样行，小提琴拉得尤其好。刚移民到英国时，他身无分文，为了解决生存问题，他只好与一位黑人琴手结伴在一家商业银行门口卖艺赚钱。由于那家银行每天进进出出的人很多，他们的琴拉得又好，所以他们的"生意"还不错。

过了一段时间，年轻人就"赚"到了不少钱。这一天，他对那位黑人琴手说："老兄，我要走了，因为我一直梦想能到大学进修，我想以后成为一名首席小提琴手，那也是我妈妈对我的期望，我要实现它。"

此后，年轻人将全部的精力都投入到提高音乐素养和琴艺上，从不退缩，从不放弃。即使在最艰苦的日子里，他也没有后悔自己的选择，咬牙挺过去了。

十年后，当年的那位年轻人偶然路过那家银行，发现黑人琴手仍在那儿拉琴。黑人琴手再次见到他，非常高兴，问道："老兄啊，现在你在哪里拉琴啊？"

他说了一个著名音乐厅的名字，黑人琴手点点头，说："嗯，不错，那家音乐厅的门前也是一个'赚钱'的好地方。"

黑人琴手哪里知道，他的伙伴十年前成了剑桥大学音乐系的一名学生，在一位具有很高声誉的音乐家门下勤学苦练，深得那位音乐家的赏识。而如今，他已经是一位国际知名的音乐家了，他是被那家著名的音乐厅邀请来演奏的。

美国妈妈讲给孩子的话

十年前，这两个人的境遇是一样的；十年后，他们之间却有了如此大的差距。黑人琴手未必不优秀，但是他一直都满足于卖唱这个职业。也许，他从来没有想过要通过自己的努力成为音乐家。孩子，梦想有多大，舞台就有多大。你的梦想决定了你人生的高度，所以不要害怕梦想太大，只要努力，一切都有可能。

第 2 章
瞄准目标，专心划向心中的彼岸

在射箭比赛中，无论你的弓拉得多么满，箭射得多么远，如果方向不对，就无法射中目标。人生也是如此，每个人成功的前提是要找到正确的目标，然后瞄准它，并向它"射击"。

目标是茫茫沙漠中惊现的绿洲，是重重迷雾中的夜明珠，是航行浩渺大海时的指南针，是远大理想发出的光芒。孩子，如果你不想碌碌无为地度过一生，那么请你瞄准目标，勇敢向前，专心划向心中的彼岸！

种花的老奶奶

美国的一座小镇上有一位老奶奶长着"绿手指"，千万别以为她是个妖怪，这只是当地人对好园丁的称赞。

一天，老奶奶在报纸上看到一条消息，当地的园艺所重金悬赏纯白金盏花。老奶奶想："我只知道有金色和棕色的金盏花，原来还有白色的金盏花，真是不可思议。不过，我为什么不试试呢？"她把自己想种出白色金盏花的计划对八个儿女讲了，结果却遭到了他们的一致反对。大家都说："你根本不懂种子遗传学，专家都不能完成的事情，你这么大年纪的人，怎么可能做得到呢？"

虽然遭到了儿女们的反对，但老奶奶仍决心一个人干。她撒下金盏花的种子，精心侍弄。金盏花开了，全是橘黄色的。老奶奶在中间挑选了一朵颜色稍淡的花，任其自然枯萎，以取得最好的种子。第二年她又把它们栽种下去，然后再从花朵中挑选颜色浅淡的花朵……

一年年过去了，白色的金盏花还没有开出来，老奶奶仍然坚持着。丈夫去世了，儿女们远走了……生活中发生了很多的事，老奶奶处理完这些事之后，依然满怀信心地栽种着金盏花……

十多年过去了。有一天早晨，老奶奶来到花园，她看到了一朵金盏花开得异常灿烂。它的颜色是如银如雪的纯白。老奶奶将白色金盏花的种子寄给了十多年前悬赏的那家机构。

等待的日子长达一年，因为人们要用那些种子进行验证。终于，园艺所的所长打电话给老奶奶说："我们看到了您种出的白色金盏花，但是因为年代久远，资金不能再兑现了。请问您还有什么要求吗？"

老奶奶对着听筒小声地说道："我只想问一问，你们还要黑色的金盏花吗？我能种出来……"

德国妈妈讲给孩子的话

有目标的人就像是在黑夜中找到光明的迷路人。只要我们坚持自己的目标，专注地朝着目标前进，总有一天我们会实现自己的目标。就像那个种金盏花的老奶奶，最终种出了白色的金盏花。

派蒂的愿望

患有癫痫的人是不适合做体育运动的，但是派蒂的父亲并不这样认为。

当派蒂问父亲"我能不能像您一样每天清晨进行长距离晨跑"时，派蒂的父亲在经过短暂犹豫后对派蒂说："可以啊，欢迎你陪着爸爸一起晨跑。"

派蒂说："可是我有癫痫，中途发作怎么办？"

派蒂的父亲说："不要怕，我知道如何处理，何况它并不会发生。"

第二天派蒂就开始和父亲一起晨跑，幸运的是，派蒂真的没有在运动过程中发生癫痫。

派蒂很快乐！在此之前，医生曾告诉她："你不能下水，不能打球，不能参加任何体力消耗大的运动。"现在看来，医生的话并不正确。

几个星期后，派蒂忽然对父亲说："我想打破女子长距离跑步的世界纪录。"

父亲听了，大吃一惊。对于一个没有经过专业训练又患有癫痫的女孩来说，这简直是痴人说梦。

派蒂看出了父亲的疑虑，便补充说道："不是现在，而是等三年后，或者更长的时间。"

这三年里，派蒂每天都坚持不懈地锻炼。三年后，派蒂认为自己可以冲击世界纪录了。她为自己制订了一个行程计划，先从自己所居住的橘县跑到旧金山，然后到达波特兰，最后向白宫进发，总距离约三千公里。

她从自己的家出发，经过整整四个月，她从西岸跑到东岸，最后跑到了华盛顿，并接受了总统的召见。她对总统说的第一句话是："我想让其他人知道，癫痫患者与一般人无异，他们也能正常生活。"

德国妈妈讲给孩子的话

努力不一定就能取得成功，但是不努力就一定不会成功。谁也不能一下就可以迈向成功，只能一步步地走向成功。在实现目标的过程中，我们需要锁定目标，不断地自我激励，培养信心。故事中，派蒂在父亲的鼓励下，锁定目标，突破自我，最终创造了奇迹。

目标的重要性

有个心理学家曾经做过一个有意义的实验，他组织三队人，让他们分别向着十公里以外的三个村子进发。

第一队的人连村庄名是什么、路程有多远都不知道，他们只要跟着向导朝前走就行了。刚走出两三公里，就开始有人叫苦；走到一半

的时候，有人几乎愤怒了。他们抱怨道："为什么要走这么远？何时才能走到头？"有人甚至坐在路边不愿走了。越往后，他们的情绪就越低落。

心理学家告诉了第二队关于村庄的名字和距离，但路边没有标牌。大家只能靠感觉来判断走了多长时间，还剩多少路程。在走到一半的时候，大多数人想知道已经走了多远，比较有经验的人说："大概走了一半的路程。"于是，大家又继续向前走。当走到全程四分之三的时候，大家的情绪开始低落，感觉疲惫不堪，而路程似乎还有很远。不过，当向导提示说"马上就到了"的时候，大家的步伐又加快了许多。

第三队的人对村子的名字、距离都了如指掌，而且公路旁每隔一公里都有一个标志，大家边走边看，每走过一公里，大家就有一点成就感。行进中他们用歌声和笑声来消除疲劳，大家的情绪一直很高涨，所以他们很快就到达了目的地。

心理学家从这个实验中得出了一个结论：当人们的行动有了明确目标的时候，人们就能把行动与目标不断地加以对照，进而清楚地知道自己与目标之间的距离，由此人们行动的动机就会得到维持甚至加强，人们就会自觉地克服一切困难，努力实现目标。

德国妈妈讲给孩子的话

目标就像是我们前行路上的引路灯，一旦没有了目标，我们会陷入无尽的黑暗之中。只有明确了目标，我们才能专注地朝着目标前进。正如第三队的人，当他们的行动有了明确目标的时候，他们就会将行动与目标进行对比，自觉地克服一切困难，努力地实现目标。

想当医生的罗瑞尔

罗瑞尔出生在一个农民家庭。在罗瑞尔很小的时候，一个深夜，罗瑞尔三岁的弟弟突然生病，这可把罗瑞尔吓坏了。罗瑞尔一溜烟似的跑出去请医生，可是不管他怎样苦苦哀求，医生就是不肯出诊。于是，他只好又跑到别的医生那里哀求："我弟弟都翻白眼珠啦，请你行行好，救救我弟弟……"最后，当医生来到他家里时，弟弟早已没有了气息。从此，罗瑞尔就下定决心："将来我要当一名医生，无论何时何地，不管穷人富人，我都要一视同仁地给他们治病。"

当医生是罗瑞尔的愿望，但就他当时所在的学校而言，考上医学院简直是天方夜谭。于是，他立即着手转学，到了一个重点中学，将目标对准慕尼黑大学。在新学校里，他的同届同学共有450人之多。在这么多学生当中，他必须争得第一名或第二名才有可能考上慕尼黑大学的医学系。所以，他参加了水平测验，要和同学们比个高低。但是，这次测验让罗瑞尔大失所望，他只考了第161名。他不禁后悔起来，甚至怀疑自己的选择。

然而，世界上没有后悔药。罗瑞尔这次跟父亲商量了好久，父亲才硬着头皮答应了他的要求。虽然父亲竭力劝罗瑞尔不要上慕尼黑大学，可是罗瑞尔认为这是他人生的一大关口，需要父亲的支持。

因为爱子心切，父亲想尽一切办法筹钱供罗瑞尔念书。当罗瑞尔离开家乡时，父亲再次叮嘱他说："一个男子汉，说话要算数。既然你说要去考慕尼黑大学的医学系，那么在还没有考取以前，你就不要回来见我。你放假不要回来，就在学校里学习吧，来回需要很多路费，家里没有那么多钱了。"

罗瑞尔无法打退堂鼓了。他想："不管怎么说，我还要学下去。那怎么办呢？父亲曾经说过'只要豁出命干，就没有做不成的事'。"于是，他在床头刻上"努力拼搏"四个大字，时刻提醒自己：不考上慕尼黑大学医学系，绝不回家。

从此，罗瑞尔便开始投入到复习中，最后他终于实现了自己的理想。如今，他已成为当地著名的医生了。

德国妈妈讲给孩子的话

人生最可怕的事情就是没有目标。没有目标的人就像一艘无人驾驶的小舟，漫无目的，随波漂荡，迟早有一天要葬身大海。

也许现在你还没确定好人生的大目标，那就试着想想明天要做的事情，先制定一个短期目标。

 # 走不出沙漠的比塞尔人

比塞尔是撒哈拉沙漠中的一个小村庄，它位于一个15平方公里的绿洲旁。从这儿走出沙漠，一般需要三昼夜的时间，可是在英国皇家学院的院士肯·莱文1926年发现它之前，这儿没有一个人走出过大沙漠。其实，这里的人很想离开这个荒凉的地方，但没有一个人能成功地走出来。

肯·莱文很想弄清楚原因，但人们给他的答案是相同的：从这儿无论往哪个方向走，最后都还是转回到这个地方来。为了证实这个说法，肯·莱文做了一次试验。他从比塞尔村出发向北走，在第四天时就走出了沙漠。

是什么原因导致比塞尔人走不出去呢？肯·莱文不明白其中缘由。最后，他决定雇一个比塞尔人，让他带路，看看到底是怎么回事。他们准备了水，牵上两匹骆驼，肯·莱文收起指南针，只拿一根木棍跟在比塞尔人的后面。

一个星期过后，他们走了大约六百英里的路程。在第八天的早晨，一块绿洲出现在眼前——他们果然又回到了比塞尔。此时，肯·莱文终于弄懂了比塞尔人走不出大沙漠的原因了——他们没把北极星当导向。面对一眼望不到边的沙漠，人不能光凭着感觉走，否则就会一直绕圈，总是回到原点。

快要离开比塞尔时，肯·莱文叫来了当地的一个叫阿古特尔的小伙子。他告诉这个小伙子："只要你白天休息，夜晚朝着北面那颗最亮的星星走，就能走出沙漠。"

阿古特尔按照肯·莱文说的去做，果然几天之后他就走出了沙漠。

德国妈妈讲给孩子的话

孩子，有时候你花了很长的时间，却始终做不好一件事情。那么，不妨停下来思考一下，是不是因为你没有明确的目标呢？还是你努力的目标不正确呢？不妨试着换一个角度思考，也许你会解决面临的困惑了。

服装设计师斯克劳斯

美国少年斯克劳斯受母亲的影响，自小就喜欢时装，因为他的母亲是个小裁缝。斯克劳斯常常将母亲裁剪后的布角料收集起来，东拼西凑，做成各种各样的小衣服。由于母亲的布角料有限，并且那些布角料都是要用来做鞋垫的，斯克劳斯总是遭到父亲的责备。斯克劳斯感到自己的创作欲望得不到满足。有一天，斯克劳斯将父亲从自家凉棚上撤下来的废棚布捡来并制成了一件衣服，这种粗布在当时是专门用来盖棚顶的。斯克劳斯穿着自己做的衣服走在大街上，很多人都说他是"疯子"。

斯克劳斯的母亲见儿子沉迷于服装设计，便鼓励他向时装大师戴维斯请教——她希望自己的儿子能成为像戴维斯一样成功的时装设计师。那一年，斯克劳斯刚成年，他带着自己设计的粗布衣来到了戴维斯的时装设计公司。当戴维斯的弟子们看到斯克劳斯设计的衣服时，忍不住大笑，他们从来没有看到过如此粗俗的衣服。可是，戴维斯却将斯克劳斯留了下来。

在戴维斯的鼓励与帮助下，斯克劳斯设计出了大量的粗布衣。可是，没有人对斯克劳斯的衣服感兴趣。斯克劳斯设计的衣服积压在仓库里，就连戴维斯自己都对收留斯克劳斯的决定产生了怀疑。但斯克劳斯很固执，他坚信自己的衣服会受到人们的欢迎，于是他试着将那些粗布衣服运往非洲，销给那里的劳工们。由于那种粗布价格低廉、耐磨，衣服很受劳工们的欢迎。很快，这些衣服便销售一空。

斯克劳斯又将那些粗布衣服做成适合旅行者穿的款式，因为粗布的沧桑感和洒脱感，这些衣服居然又很受旅行爱好者的欢迎。接着，斯克劳斯又设计出了许多种款式，一时间，大家都争着穿起了斯克劳斯设计的粗布衣服。如今，这种衣服已风靡全球，这就是以"斯克劳斯"与"戴维斯"为品牌的牛仔衣。

德国妈妈讲给孩子的话

不管别人怎么嘲笑，斯克劳斯始终坚持自己的目标。他相信总有一天，会实现自己的梦想。只要我们心里有目标，那么即使遇到再大的困难，我们也要坚定自己的信心，始终朝着目标前行。孩子，信念的力量是强大的，它能帮你无比专注地盯紧目标，扫清路上的一切障碍。

莎士比亚的戏剧梦

在莎士比亚少年时，父亲破产了，一家人的生活失去了依托。他不得又中途退学，帮助父母维持生意，并做些家务。困苦的生活并没有使莎士比亚心灰意冷。他那充满幻想的头脑似乎对任何事情都有浓厚的兴趣：大自然的美丽景色，使他赏心悦目；老人们讲述的动人故事，让他浮想联翩……他对未来的生活充满了憧憬。

剧团的演出在莎士比亚记忆中总能留下深刻的印象。在莎士比亚幼年时期，伦敦城里最有名的女王剧团曾到斯特拉福镇演出。这些演出在莎士比亚幼小的心灵上播种下了热爱戏剧的种子。

莎士比亚常常邀集几个小伙伴，有声有色地演起戏来。有时候，他为了思考一个剧中的情节，独自一个人在田间小径上踱来踱去，用心地琢磨某个角色的动作与表情。

莎士比亚暗暗下了决心，要终身从事戏剧事业。他知道，当个戏剧家，要有很丰富的知识。因此，他开始如饥似渴地读着哲学、文学、历史等方面的书籍，自修希腊文和拉丁文，多方面地吸取知识的营养。

莎士比亚凭借自己的勤奋努力，很快掌握了许多戏剧知识。有一位著名演员很欣赏莎士比亚的才能，请他到剧团里演配角。莎士比亚喜出望外，他知道在演出实践中能提高和丰富自己的艺术才能。为了演好戏，他经常深入下层社会，观察那些流浪汉、江湖艺人和乞丐，同周围的各种人谈心，学习他们的语言谈吐，熟悉他们的生活习惯，体会他们的思想情感……这样，他很快就成了一个十分活跃的演员。

莎士比亚深感自己的知识浅薄。他利用点滴时间刻苦读书，钻研哲学、文学、历史等方面的知识。在此期间，他不仅博览了大量的书籍，还广泛地接触了英国的现实社会。就这样，他凭借自己的勤奋和努力，开阔了视野，丰富了知识。他仅用了一年多的时间，就为剧团写出了《亨利六世》等三部剧本，引起了戏剧界的关注。紧接着，他又连续写了《理查三世》《错误的喜剧》等剧本，获得了极大的成功。

德国妈妈讲给孩子的话

那一粒爱好戏剧的种子，在莎士比亚的心中生根发芽了。不管做什么，他都尽量让自己更靠近梦想。孩子，只要怀揣着梦想，专注地朝前努力，你就一定能实现它。

建造水晶大教堂

1968年的某一天，舒乐博士立志要在加州用玻璃建造一座水晶大教堂。他向著名的建筑设计师菲利普表达了自己的构想："我要的不是一座普通的教堂，而是一座人间的伊甸园。"

菲利普问舒乐博士预算多少，舒乐博士对他说："事实上，现在我一毛钱都没有，所以对我来说，100万美元和400万美元并没有区别。重要的是，这座教堂本身要有足够的吸引力，能够吸引捐助者的到来。"

教堂最终敲定建造这座水晶大教堂需要的预算是700万美元。这个数字不但超出了舒乐博士的承受能力，甚至也超出了他的想象范围，其他人也都对舒乐博士说"这不可能"。

然而，舒乐博士想出了一个化整为零的方法。他在一张纸上写着"700万美元"，然后在这个"目标"下面写道：

1.找1笔700万美元的捐款；

2.找7笔100万美元的捐款；

3.找14笔50万美元的捐款；

4.找28笔25万美元的捐款；

……

9.找350笔2万美元的捐款；

10.卖出教堂1000扇窗户的署名权，每扇7000美元。

在这神奇的化整为零的方法的作用下，舒乐博士历时一年多筹集到了足够的款项。据说，水晶大教堂最后耗资两千多万美元。在舒乐博士将这宏伟的目标化整为零之后，他们奇迹般地募集了足够的资金，让这个大教堂成为了加州的胜景。

德国妈妈讲给孩子的话

如何在一无所有的情况下建成一座宏伟的大教堂？舒乐博士做到了。我们所设立的大目标，可以由一个个的小目标累积实现，每一个成功的人都是在达成无数的小目标之后，才实现了他们的大目标。所以，孩子，当你觉得实现一个大目标很困难的时候，不妨多动脑筋，运用智慧，把大目标分成比较容易实现的小目标，化整为零，降低任务难度，一步步地完成。这样你会发现，其实大目标实现起来也不是那么难。

菲利普横渡英吉利海峡

26岁的菲利普在搬动屋顶的天线时，触到高压线，两万伏电流瞬间将他的双臂和双腿烧成了"焦炭"。

一个失去四肢的人，该如何面对未来？菲利普躺在医院的病床上，一直在思考这个问题。有一天，一个电视节目让他找到了答案。那是一个纪录片，讲述了一个身有残疾的女子只身横渡英吉利海峡的事迹，那场面震撼了菲利普的心灵。他自言自语道："我也要横渡英吉利海峡。"

没有四肢，却想横渡英吉利海峡，就如同一条没有鳍却想游弋大海的鱼，所有的人都认为这是不可能的事。然而，菲利普决计要做一条无鳍的鱼。

于是，菲利普聘请教练教授自己游泳的技巧。事实上，在此之前，菲利普是典型的"旱鸭子"，从未下过水。他第一次下水，身体像石头一样直往下沉，水呛得他差点窒息，幸亏教练在一旁保护，把他迅速捞了上来。不过，他很快想到了一个好办法——在自己残存的手臂上安装假肢，在残存的大腿上套上脚蹼，然后头戴潜水镜和呼吸管，再次下到水里。

经过一段时间的练习，菲利普进步神速，可以沿直线游动了。又过了一段时间的训练，他已经可以连续游过两个泳池的距离。接下来，他信心满满，开始了"魔鬼式"训练，不仅加强了泳技练习的难度，还加大了力量练习。借助假肢，他坚持跑步和举重，每周训练时间长达35个小时。两年后，他体重大大减轻，泳技突飞猛进，耐力也变得超强。他每一次连续游出的距离再也不是两个泳池的距离，而是三公里。他完全像一条可以自由游弋的鱼了。

具有挑战性的一天终于来临。2010年9月18日8时，在英吉利海峡，全副武装的菲利普从英国的福克斯港口下水，朝着对岸的法国维桑港奋力游去。他的假肢在碧波间划动，激起朵朵浪花，他的呼吸管像高举着的一只手臂，顶端那一块橘黄色标志，在海浪中特别耀眼。他保持着节奏，合理地分配着体力，每游进三公里就休息一分钟，然后继续前进。可是三小时后，他感到有点不妙，浑身疼痛，但他对自己说："鱼是不会停的，我要坚持到底!"

这时，三只海豚在他身边游动，他一边奋力划水，一边欣赏着海豚的泳姿。就这样，经过13小时30分钟，他终于游过了34公里宽的英吉利海峡，胜利抵达目的地，比预计时间整整快了10小时30分钟。那一天，菲利普就像是一条真正的鱼，把最真实的感动留给了现场所有的人们。

德国妈妈讲给孩子的话

明知无鳍，却偏要坚持做一条"鱼"，并最终取得成功，这就是奇迹。只要我们有目标，有一颗坚定的心，奇迹总会出现在我们的眼前。孩子，瞄准目标，努力坚持，你必定会划向心中的彼岸。

将钞票插进苹果

在一次课上，老师拿出一个新鲜的苹果和一张极其普通的钞票，钞票不再崭新了，所以有些发软。他问台下的学生："不能借助任何辅助工具，也不许破坏苹果的本性，在一分钟之内，谁能将钞票插进这个苹果里面？"

学生纷纷议论起来。有人说，用铁丝将苹果打个洞后再将钞票插进去；有人说，将苹果煮熟后再用钞票插进去……但是，这些办法都违背了问题的前提条件。各种方法都被逐一否定后，大家纷纷摇头——这根本就是不可能完成的事情！

这时，一名学生大胆地站了起来，向老师质疑道："既然问题是您提出来的，我想您肯定有解决的妙招吧？"

老师微笑着点了点头，说："大家可要看好了，现在就让大家见证奇迹。"

老师说着，把钞票卷成很细的尖锥状，然后对准一处，以极快的速度使劲一插。结果，钞票真的插进了苹果里。

德国妈妈讲给孩子的话

即使是最强悍的人，如果不能一心一意，也会一无所获，一事无成。哪怕是个弱者，只要集中全部精力去做一件事，也可能获取成功，就像钞票能插进苹果里一样。孩子，专注的力量不可小视。

野百合也有春天

在一个遥远的山谷里，有一面高达数千尺的断崖。不知道什么时候，断崖边上长出了一株小小的百合。百合刚刚长出的时候，他长得和杂草一模一样。但是，他心里知道自己并不是一株野草。他的内心深处，有一个强烈的念头："我是一株百合，不是一株野草。唯一能证明我是百合的方法，就是开出美丽的花朵。"

有了这个念头以后，百合努力地吸收水分和阳光，把根深深地扎在土壤里，直直地挺着胸膛。终于在一天清晨，百合的顶部结出了第一个花苞。

百合的心里很高兴，附近的杂草却很不屑，他们在私底下嘲笑着百合："这家伙明明是草，偏偏说自己是花。他还真以为自己是花，我看他结的不是花苞，而是头上长瘤了。"在公开场合，他们则讥讽百合："你不要做梦了，即使你真的会开花，在这荒郊野外，你的价值还不是跟我们一样？"

偶尔也有蝴蝶飞过，他们也会劝百合："在这断崖边上，纵然开出世界上最美的花，也不会有人来欣赏啊！"百合却说："我要开花，是因为我知道自己是美丽的花；我要开花，是为了完成作为花的庄严使命；我要开花，是因为自己喜欢以花来证明自己的存在。不管有没有人欣赏，不管你们怎么看我，我都要开花！"

在野草和蝴蝶的鄙夷下，百合努力地释放着内心的能量。有一天，他终于开花了，他那灵性的白色和秀挺的风姿，成为了断崖上最美丽的风景。这时候，野草与蝴蝶再也不敢嘲笑他了。

百合花一朵朵地盛开着，花瓣上每天都有晶莹的水珠，野草们以为那是昨夜的露水，只有百合自己知道，那是他深沉的欢喜所凝结的泪滴。

百合努力地开花、结籽，种子随着风飘落在山谷和悬崖边上。来年，这里到处都开满了洁白的百合。从此，这个山谷被人们称为"百合谷地"。

德国妈妈讲给孩子的话

百合的目标是要证明自己是花，证明自己的存在，所以它要完成含苞待放的使命。只要坚信自己是"花儿"而不是"杂草"，我们也能通过努力开出灿烂的花朵。

赛车手吉米

有一个年轻人，从很小的时候起，他就有一个梦想——希望成为一名出色的赛车手。他在军队服役的时候，曾开过卡车，这对他学习驾驶技术起到了很大的作用。

退役之后，他选择到一家农场里开车。在工作之余，他仍一直坚持参加一支业余赛车队的技能训练。只要有机会，他都会想尽一切办法参加比赛。可是，因为得不到好的名次，他在赛车上的收入几乎为零，这也使得他欠下了一笔数目不小的债务。

有一年，他参加了威斯康星州的赛车比赛。当赛程进行到一半多的时候，他的赛车位列第三。他有很大的希望在这次比赛中获得好的名次。突然，他前面那两辆赛车发生了相撞事故，他迅速地转动赛车的方向盘试图避开，但终究因为车速太快未能成功。结果，他撞到车道旁的墙壁上，赛车在燃烧中停了下来。

当他被救出来时，手已经被烧伤，鼻子也不见了，体表烧伤面积达40%。医生给他做了七个小时的手术，才把他从死神的手中解救出来。经历这次事故，尽管他的性命被保住了，可他的手萎缩得像鸡爪一样。医生告诉他："以后，你再也不能开车了。"然而，他并没有因此灰心。为了实现那个心中的梦想，他决心再一次为目标努力。

在做完最后一次手术之后，他回到了农场，用开推土机的办法使自己的手掌重新磨出老茧，并继续练习赛车。

仅仅在九个月之后，他就回到了赛车场。他首先参加了一场公益性的赛车比赛，但没有获胜，因为他的车在中途意外地熄了火。不过，在随后的一次全程200英里的汽车比赛中，他取得了第二名的好成绩。

又过了两个月，仍是在上次发生事故的那个赛车场上，他满怀信心地驾车驶入赛场。经过一番激烈的角逐，他最终赢得了250英里汽车比赛的冠军。

他，就是美国颇具传奇色彩的伟大赛车手——吉米。

德国妈妈讲给孩子的话

成功的秘诀往往是能坚持到最后。你观察过一个正在凿石的石匠吗？他在石块的同一位置上恐怕已敲过了一百次，石块却没有改变。但是，就在他敲出第一百零一次的时候，石头突然碎了。许多努力不是一下子就可以看到结果的，只要你愿意付出，坚定不移，你终究会品尝到成功的甘甜。

世界上最昂贵的啤酒

他年少时，他一再被父亲告诫，绝不要做一名酿酒师，因为他的祖父、曾祖父都在当地的酒厂以酿酒为生，微薄的薪水只能让家人勉强度日。父亲不让他靠近啤酒桶半步。他遵从父亲的意愿，刻苦学习，并以优异的成绩进入哈佛大学。1971年，他成为该校的研究生，同时研修法律和商务两个专业。

读研的第二年，他突然有所领悟：除了学习之外，自己根本没有做过任何其他的事情。一种压力迫使他开始考虑自己的职业生涯，所以在他24岁那年，他选择了辍学。

他收拾好行囊，搭上开往科罗拉多州的大篷车。在那里，他成了一名野外拓展训练教练，这份工作很适合他。从西雅图郊外的峭壁到墨西哥的火山，到处都留下了他的足迹。

做了三年半的教练后，他重返哈佛大学，继续完成自己的学业。毕业后，他在波士顿咨询公司找到一份高薪工作。但是在工作了五年后，他感到困惑，于是问自己："难道这就是陪伴自己到退休的工作吗？"

有一次，父亲在打扫阁楼时偶然发现几张发黄的纸片，上面写着几种啤酒的古老配方。父亲说："现在的啤酒基本都是水，只在表面有点泡沫。"他同意父亲的观点。"为什么我们不能酿制自己的上等啤酒呢？"他思考着。

于是，他决定辞去工作，做一名酿酒师。当他把这个消息告诉父亲时，他希望父亲能为他的理想高兴得热泪盈眶，但是父亲却对他说："这是我听到的最愚蠢的决定。"

由于爱子心切，父亲只好全力支持他。通过努力，他终于成了一名啤酒酿造师。

他酿造的啤酒，就是世界上最昂贵的啤酒之一——塞缪尔·亚当斯·乌托邦斯啤酒。它的酒精含量高达27%，根据吉尼斯世界纪录，它是世界上最烈的啤酒。由于酿造过程需要长达十年的时间，这会给它带来独特的口味。它在竞拍网上的拍卖价甚至达到了900美元一瓶，堪称"世界上最昂贵的啤酒"。

德国妈妈讲给孩子的话

作为塞缪尔·亚当斯·乌托邦斯啤酒的创始人，他从来没有预料自己会走上这条道路，但是他真的成了一名酿酒师，并酿出了"世界最昂贵的啤酒"。他给年轻人的启发很简单——人生漫长，不要匆忙地决定；当找到自己确实想为之奋斗的目标时，那就坚持到底，成功将成为必然。

守望星空的布拉赫

1560年，丹麦天文学家预测说："今年的8月21日，将有日全食发生。"到了那天，果然发生了日全食。天文学家的精确预测，引起了一个少年的极大兴趣，并促使他从此喜欢上了天文观测。他就是丹麦著名的天文学家布拉赫。

布拉赫1546年出身于丹麦，1559年进入哥本哈根大学学习，1560年开始对天文学产生兴趣，从此便把自己的一生都献给了天文事业。他的一生，就是守望天空的一生。

1563年，布拉赫观察了木星和土星，并写出了他的第一份天文观测资料，同时注意到双星合一的发生时间比星历表上的预言早了一个月。他因为这一发现，开始在天文界崭露头角。1576年，对布拉赫颇为欣赏的丹麦国王菲特烈二世将汶岛赐予他，并拨巨款为他在岛上修建了天文台。这座被称为"观天堡"的天文台，是世界上最早的大型天文台，耗资超过一吨黄金。

布拉赫夜以继日地工作着，他把演算观测的一颗又一颗恒星的位置，细致地记录下来，并重新测定了一系列的天文数据，为后人的观测活动提供了重要的参照。就在布拉赫沉浸在自己的观测成果中时，菲特烈二世去世了，新继位的国王看不出观测恒星的价值，并对绘制星图的花费十分痛惜。于是，新国王派使者拜访了布拉赫。

"这么多年你究竟干了些什么？"使者见到布拉赫后，毫不客气地问道。布拉赫向使者展示了标有700颗恒星的星图，使者不屑地说："这就是你的全部工作吗？"

"不，还未达到我的目标。"布拉赫说，"在死亡到来之前，我想我会记录1000颗的。"

使者嘲笑说："是什么令你废寝忘食？在我走之前，让我看看它有什么用处。"

布拉赫当然无法向使者证明观测这些星星有什么用处。于是，新国王停止了对他的资助。天文台资金陷入困境后，布拉赫又艰难地坚持了十年，天文台不得不于1597年被迫关闭。

幸好，1599年奥地利国王鲁道夫收留了他，并为他在布拉格又重修了一座天文台，才让他得以继续从事自己热爱的事业。直到1601年去世，他终于完成了1000颗恒星的观测记录，为世界天文学做出了巨大的贡献。

德国妈妈讲给孩子的话

孩子，也许你的梦想和目标在别人看来是毫无意义的。可是，只要你自己认为值得努力，那就不要因为别人的讥笑而动摇。只要有梦想，你就可以追逐它，努力实现它。就如守望星空的布拉赫，最终还是完成了1000颗恒星的观测记录，从而为世界天文学做作出了巨大的贡献。

插秧启示

一天，弟子们和禅师一起在田里插秧，弟子们插的秧总是歪歪扭扭，而禅师却插得整整齐齐。弟子们感到很疑惑，就问禅师："师父，您是怎么把秧苗插得那么直的？"

禅师笑着说："其实很简单。你们在插秧的时候，眼睛要盯着一个东西，这样就能插成一条直线了。"

于是，弟子们卷起裤管，高高兴兴地插完了一排秧苗，可是他们插的秧苗仍然不成直线。

这是怎么回事呢？弟子们很不理解。于是，禅师问弟子们："你们是否盯住了一样东西？"

"是呀，我们盯住了那边吃草的水牛，那可是一个大目标啊！"弟子们答道。

禅师笑着说："水牛边吃草边走，而你们在插秧苗时也跟着水牛移动，这怎么能插直呢？"

弟子们恍然大悟。这次，他们选定了远处的一棵大树。他们插完一看，秧苗果然成了一条直线。

> **德国妈妈讲给孩子的话**
>
> 不管做什么事，心中都要选定目标，但如何选择目标、选择什么样的目标也很重要。要想把事做成，就要选择正确、合理的目标。只有这样，才能更专注地把事情做好。

德鲁克的建议

20世纪30年代末，一个刚从纽约大学毕业的奥地利小伙子来到了一家生产电动机的工厂上班。

这家工厂的老板是一个非常有干劲的中年人，他为工厂设立了一个新目标——要成为全柏林最顶尖的企业。为了使所有的员工都能和自己一样拥有这样的目标，老板不断地在企业大会上向员工们宣传这一口号。

有一次，老板再次把所有的员工集中在一起开会，让所有的员工都跟着自己振臂高呼："把工厂打造成全柏林最顶尖的企业！"那斗志昂扬的场面让老板欣慰不已。然而刚一散会，那个刚刚加入工厂的奥地利小伙子就来到了老板面前说："我敢保证在接下来的工作中，员工们依旧不会有什么改变。与其让员工们共同扛上一个大目标，不如把这个大目标切碎，分摊给每一个员工。"

"让所有人都拥有一个共同的大目标，难道不是一件好事吗？你难道没有看到刚才的场景吗？多么激动人心！"老板说。

"那么，在接下来的日子里，您不妨多注意一下工厂的生产和经营状况，看看有没有发生变化。"小伙子说。

这句话给了老板某种提示。在接下来的一个星期内，老板每天都关注着工人们的生产报告。他发现了一个问题：无论工人们在会上的呼声有多高，无论那场面是多么鼓舞人心，但生产量和销售额都依旧是在"原地踏步"。

这样下去，别说要把工厂打造成全柏林最顶尖的企业，就连生存都成问题。老板困惑了。这时，他想起了那个小伙子说的话。于是，他找来小伙子，让他说一说自己的看法。

"企业是需要一个大目标，但这其实仅仅是企业的目标，而不是员工的目标。企业的大目标对于员工们来说距离太远，员工们更关心自己身边的事物。所以，与其让员工们拥有一个共同的大目标，还不如把这个目标切碎，分摊给每一个人，让每一个人都在实际的工作中不断地实现小目标。这样，每一个员工在为各自的小目标努力的同时，也就促进了企业实现大目标。"小伙子不紧不慢地说。

听了小伙子的分析，老板若有所思。从那以后，老板就坚持从工作细处入手，让员工们各自设定出自己的目标，并且负上各自的责任。例如：一名铜线缠绕工，他的目标不再是"把工厂打造成全柏林最顶尖的企业"，而是在目前的基础上每天多绕十只铜线；一名成品整装工，他的目标是每天多装五只成品；一名推销员，他的目标是每天坚持多见五位客户……

在这种让员工们拥有各自小目标的管理下，这个工厂取得了极快的发展，仅在两年之后就成了全柏林最顶尖的企业，甚至成了全德国一流的企业。

这个小伙子就是后来被誉为"现代管理学之父"的德鲁克。他那以"把大目标切碎分给每个人"为纲领的目标管理法则，更是他最具代表性的管理理论之一。

德国妈妈讲给孩子的话

孩子，未来某一天，你可能会成为一个企业管理者。在制定目标的时候，如果你还记得德鲁克的话，也许会给你帮助。即便在生活中，他的忠告也非常有用。你经常要与同学一起合作，大家拥有共同的目标，但每个人根据自己不同的任务需要拥有各自独立的目标；即便是你自己的目标，如果能把它细化成每个月、每一周甚至是每一天的目标，这样实施起来也会更有指导性。

 # 一项有趣的调查

许多年前，哈佛大学为了研究目标对人生的影响，特意对一群毕业生进行了调查。当时的调查结果表明，27%的人对未来没有目标，60%的人目标模糊，10%的人有清晰的短期目标，只有3%的人有清晰而长远的目标。

25年后，哈佛大学再次找到这群学生，并且了解到他们的现状：那27%没有目标的人，没有做出任何成绩，一事无成；那60%目标模糊的人，也没有太大的成就，总是在埋怨，认为现实没有机会让他们施展才华；那10%有清晰的短期目标的人，都跻身到了社会的上层，生活得很好，但由于他们没有做更多的努力，取得的成就也极其有限；而那些3%的有清晰而长远目标的人，即使在工作中遇到许多困难，他们也都以极大的毅力去克服它。这些人的生活非常美满，工作也取得了很大的成就，成了社会的精英。

德国妈妈讲给孩子的话

目标就如大海彼岸的灯塔，它会指引船只航行。有了目标，就不会迷失方向。哈佛大学的调查结果也证明"有目标"和"无目标"之间的差别。它给我们的启示是：人生必须要有奋斗目标，没有目标终将一事无成。

花再小，也要怒放

他没有上过学。幼年时，他因患结核性脊椎炎而驼背，他的身高刚到同龄孩子的腰部。因此，他非常自卑，甚至不愿出门。

母亲带他到姑妈家做客，很多孩子看他又小又驼，纷纷围过来看热闹。他羞愤极了，把自己锁在屋里，打碎了一切能打碎的东西。

姑妈没有生气，等他安静下来后，带他来到院子里，指着地上的一颗小菜花，对他说："孩子，它贴在地上生长，它是多么矮，甚至没有小草高，可是你看，它开出的花多么美丽呀！你记住：花再小，也要怒放。"在姑妈的开导下，他渐渐地解开了心灵的禁锢，开始敞开心扉，融入生活。

后来，在姑妈的帮助下，他自学了拉丁文、希腊文、法文和意大利文。一天，姑妈送给他一本诗集，他坐在路边认真地看着，被诗中优美的句子打动了，竟大声朗读起来。

这时，一个马车夫路过，见身材矮小、外貌丑陋的他正在念诗，不禁大笑起来，说："嗨，你这身材更适合赶马车。"

他顿时火冒三丈，拿起小凳子砸了过去，马车夫急忙躲开。谁知，他愣是一路狂追，追到马车夫家，并大声对他说："总有一天，我要把我的诗念给你听，并且让你喜欢。"

从此，他在学习之余开始涉猎诗歌创作，甚至到了痴迷的程度。渐渐地，他琢磨出了诗律和格式，也明白了如何把情感融入诗中。

一天，他在一个诗歌大会上动情地朗诵自己的诗作。虽然出于尊重，大家没有笑出来，但从别人捂着嘴巴的动作和表情里，他明白了自己的不足。他沮丧极了，躲在角落痛哭。这时，他想起姑妈鼓励他的话。那一刻，他再次感到心中充满了无穷的动力。

功夫不负有心人。在12岁那年，他发表了第一首诗作。在17岁那年，已在诗歌界小有名气的他，经戏剧家威彻利引荐，结识了当时伦敦一些著名的文人学士。

在一次聚会中，他静静地坐在角落里，当时的文学家斯威夫特提出要找人翻译几本文学巨著。听闻此言，他激动地从座位上跳起来，不想竟一下子摔在了地上。他还没有站起来，便急着对大家说："我可以完成。"众人不信，认为这个少年虽然有点成绩，但有些年少轻狂。要知道，很多人都想翻译，却没有人能坚持下来。

出人意料，他真的坚持了下来，用了五年时间翻译了古希腊史诗《伊利亚特》与《奥德赛》。作品出版上市那天，记者要采访他，但被他婉拒。他递给记者一张纸条，上面写着："以前，我是一朵小花；现在，我告诉你们，我也可以怒放。"

在21岁时，他出版了《田园诗集》。他真的拿着诗集去了那个马车夫家。那天，马车夫把他送到家，对他说："小伙子，你是我马车上盛开的一朵艳丽的小花。"

然而，在生活中，他虚弱到需要侍女扶持才能站立。一次车祸中，他的手指被玻璃碎片切断。但是，所有这些都没有打碎他的梦想。他源源不断地创作了一大批包括诗歌、评论、戏剧甚至绘画方面的作品。

他叫亚历山大·蒲柏，是18世纪英国最伟大的诗人之一。

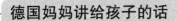

德国妈妈讲给孩子的话

虽然他身材矮小，但他却成了18世纪英国诗歌的巨人。他的生命历程告诉我们：即使是一朵小花，也要坚持美丽的梦想；当你怒放的那一天，整个世界都会为你鼓掌。

把远大的目标化整为零

山田本一是日本著名的马拉松运动员。他曾在1984年和1987年的国际马拉松比赛中，两次夺得世界冠军。他在自传中这样写到：

"每次比赛之前，我都要乘车把比赛的路线仔细地看一遍，并把沿途比较醒目的标志画下来，比如第一标志是银行；第二标志是一个古怪的大树；第三标志是一座高楼……这样一直画到赛程的结束。"

"比赛开始后，我就以百米的速度奋力地向第一个目标冲去。到达第一个目标后，我又以同样的速度向第二个目标冲去……几十公里的赛程被我分解成几个小目标，跑起来就轻松多了。"

"开始我把我的目标定在终点线的旗帜上，结果当我跑到十几公里的时候就疲惫不堪了，因为我被前面那段遥远的路吓到了。而现在，远大的目标被我化整为零，到达终点也就变成了轻而易举的事情。"

德国妈妈讲给孩子的话

要把大的目标划分为好几个小的目标，然后一个一个地完成，这样，我们的行动便有了方向。我们如果清晰地了解自己行动的目标和进度，就会自觉地克服一切困难。目标设计得越具体、越细化，就越容易实现。

"足球先生"梅西

他从小就喜欢足球，但十岁那年的一件事，却给了他很大的打击。

当时他在纽维尔老男孩队参加训练。一天下午，他所在的球队和另外一个同年龄段的球队进行足球比赛。好几次，队友都把球传到了他的脚下，但由于过度紧张，他面对球门时竟闭上了眼睛，这样造成的结果就是，球总是擦门而过。由于他多次错失良机，他的球队最后惨败。终场结束，他痛苦地闭上了眼睛。

在更衣室里，好多伙伴把手指放在嘴边，对他发出嘲笑声。他换下来的鞋子也被一个同伴拿走，同伴往里面吐口水，然后得意地给其他小伙伴展示，并给他起了一个外号"臭脚大王"。他难受极了，心想："也许自己根本就不是那块踢球的料，我干脆放弃算了。"

他低着头，心烦意乱，一个人孤单地走在回家的路上，停了下来。由于伤心，他忍不住落泪，这时一只青蛙正好奇地看着眼泪汪汪的他。他有些生气，恶作剧般地朝青蛙撒了一泡尿。但他发现，在这个过程中，那只受辱的青蛙一直保持着一个姿势，仍鼓着一双大眼看着他，既没有躲闪，也没有逃离。

他快快不乐地回到家里，把今天发生的一切都原原本本地告诉了父亲。父亲告诉他："一个人要想成功，就要像那只姿态昂扬的青蛙一样，正视不公，接受失败。"那天晚上，他的心灵被震撼了，他内心的梦想开始复苏，他觉得那只受辱而不屈的青蛙就是自己最好的老师。他暗暗发誓："我也要在逆境中努力，进最好的球队，成为像马拉多纳那样的伟大球员，登上足球的顶峰，成为'足球先生'！"

从那天起，他每天坚持踢球，有条不紊地坚持学习和训练。教练的批评、队友的指责，他都能坦然面对。他自信地昂起头，一步步地走自己的路，他的眼里只有一个目标——球门。一年后，他遇到了人生的又一个坎。他被诊断出患有荷尔蒙缺乏症，而这会阻碍他的骨骼生长。家里的经济条件难以支撑他的治疗费用，但乐观努力、积极向上、球技不断完善的他受到了巴塞罗那足球星探的青睐。2000年9月，他受到邀请，去巴塞罗那试训。试训场上的他，像那只执着的青蛙一样紧紧盯着目标，连中三次。试训刚一结束，俱乐部负责人就毫不犹豫地帮他在俱乐部注册，并安排他去最好的医院接受治疗。在之后参加的38场青少年比赛中，他一共打入31个球。

世青赛一向被人们认为是青年才俊展示自己的舞台。当第15届世青赛的大幕在荷兰乌德勒支缓缓落下时，他——一位身高只有1.69米的阿根廷少年，将一个巨人的背影留给了全世界。由于阿根廷队在小组赛中的糟糕表现，人们都以为这支队伍必败无疑，然而正是他的出色表现拯救了全队。作为阿根廷队的灵魂人物，他从淘汰赛开始就一直处于世青赛的舞台中心，他率领阿根廷青年队最终获得了世青赛冠军。他自己也获得世青赛的"最佳球员"称号。2005年年底，在意大利体育报《全体育》组织的"金童奖"的评选中，他更是以压倒性的优势击败鲁尼，当选为2005年度的"欧洲最佳足球新秀"。他的名字叫梅西。

2009年12月1日，梅西击败C罗获得2009年欧洲金球奖。20天后，在苏黎世举行的第19届国际足联颁奖典礼上，梅西笑到了最后，获得"2009年世界足球先生"称号。他捧着金灿灿的奖杯，微笑着说："不要闭上眼睛踢球，要紧紧盯住自己的目标。只要努力，梦想就离你不远了。"

德国妈妈讲给孩子的话

孩子，不要在意别人的打击和嘲笑，因为你的人生是由你自己来决定的。做一个不放弃、肯用心、有毅力、专注的人，这个世界就会对你微笑，梦想也会一步步变成现实。

到达塔顶的蚂蚁

从前，有一群蚂蚁组织了一场攀爬比赛，比赛的终点是一个非常高的铁塔的塔顶。一大群蚂蚁围着铁塔看比赛，给他们加油。

比赛开始了。群蚁中没有谁相信这些小小的蚂蚁会到达塔顶，他们都在议论："这太难了！我们肯定到不了塔顶！""我们绝不可能成功的，塔太高了！"……

听到这些议论，一只只蚂蚁开始泄气了，只有情绪高涨的几只还在往上爬。群蚁继续喊着："这太难了！没有谁能爬上塔顶的！"

越来越多的蚂蚁累坏了，退出了比赛。但有一只蚂蚁还在往上爬，一点儿没有放弃的意思。最后，其他所有的蚂蚁都退出了比赛。这一只蚂蚁费了很大的劲，终于成为唯一一只到达塔顶的胜利者。

很自然，其他所有蚂蚁都想知道他是怎么成功的。有一只蚂蚁跑上前去采访这只胜利的蚂蚁，问他哪来那么大的力气爬完全程。这时，他才发现，这只蚂蚁听不见外界的声音。

德国妈妈讲给孩子的话

孩子，当你想要尝试的时候，心里总会有个声音在告诉自己"你不行"。此时，最好的办法就是专注，努力排除一切干扰。专心致志，付出努力，胜利就会在前方等着你。

远处的"灯光"

在一次航行中，由于海风突袭，海浪把船打沉了，船上人员死伤无数，其中有一个人因获得一只救生艇而幸免于难。他的救生艇在风浪上颠簸起伏，如同树叶一般被吹来吹去。他迷失了方向，救援人员也没有找到他。

天渐渐地黑下来，饥饿、寒冷和恐惧一起袭上心头，他除了这个救生艇一无所有。他无助地望着天边，忽然，他看到一片片闪烁的灯光，他高兴得几乎叫了出来。他奋力地划着救生艇，向那片灯光前进。然而，那片灯光似乎很远，天亮了，他也没有到达那里。但是他没有死心，仍然继续艰难地划着救生艇。他想既然能看到灯光，那里就一定是一座城市或者港口，生的希望之火在他心中燃烧着。

白天时，灯光看不清了。只有在夜晚，那片灯光才在远处闪现，像是在对他招手。就这样，三天过去了，饥饿、干渴、疲惫更加严重地折磨着他，有几次他都觉得自己快要崩溃了，但一想到远处的那片灯光，他又陡然增添了许多力量。第四天，他依然向着那片灯光划着。最后，他实在是支撑不住了，昏倒在了艇上。到了晚上，终于有一艘经过的船把他救了上来。当他醒来时，大家才知道，他已经不吃不喝在海上漂泊了四天四夜。当有人问他是怎么坚持下来时，他指着远方的那片灯光说："是那片灯光给我带来了希望。"

大家顺着他指的地方望去。可是，那里哪是什么灯光，那只不过是天边闪烁的星星！

德国妈妈讲给孩子的话

那片原本不存在的灯光，却挽救了一个人的生命，这就是希望带来的力量。鲁迅说过，希望无所谓有，也无所谓无，这正如地上的路，走的人多了，也就成了路。因此，希望是自己给自己的信念，只有勇敢地坚持，梦想才会照亮现实。

烧水的启示

　　一位青年大学毕业后，曾雄心勃勃地为自己树立了许多目标，可是几年下来，依然一事无成。他苦恼极了，于是决定去找智者请教。当他找到智者时，智者正在河边的小屋里读书。智者听完青年的倾诉，微笑着对他说："来，你先帮我烧壶开水！"

　　青年看见墙角放着一把极大的水壶，旁边是一个小火灶，可是没发现柴火，于是便出去找柴火。他在外面拾了一些枯枝回来，装满一壶水，放在灶台上烧起水来。可是由于壶太大，那捆柴火烧尽了，水也没开。于是他跑出去继续找柴火，可回来时却发现那壶水已经凉得差不多了。这回他学聪明了，没有急于点火，而是再次出去找了些柴火。由于柴火准备得足，水不一会儿就烧开了。

　　智者这时问他："如果没有足够的柴火，你该怎样把水烧开？"

　　青年想了一会儿，摇摇头。智者接着说："你一开始踌躇满志，树立了太多、太大的目标，就像这个大水壶装的水太多一样，而你又没有足够的柴火，所以不能把水烧开。要想把水烧开，你或者倒出一些水，或者先去准备足够多的柴火！"

青年恍然大悟。回去后，他把计划中所列的目标划掉了许多，只留下最近的几个，同时利用业余时间学习各种专业知识。几年后，他的目标基本上都实现了。

德国妈妈讲给孩子的话

我们一直认为，目标对于我们来说很重要，所以就为自己制定了很多的目标。结果发现，努力了很久之后，很多目标都没有实现。目标当然很重要，但是目标不能太多，因为一个人的精力是有限的，我们最好选择其中最想实现的那一个，专心致志朝着它努力。

永不枯竭的灵感

在美国，有这样一个人，他在一年当中的每一天里，几乎做着同一件事——天刚刚放亮，他就伏在打字机前，开始一天的写作。这个男人名叫斯蒂芬·金，是国际上著名的恐怖小说大师。

斯蒂芬·金的经历十分坎坷，他曾经贫困潦倒，连电话费都交不起。后来，他成了世界上著名的恐怖小说大师，稿约不断，常常是一部小说还在他的大脑中储存着，出版社的高额订金就支付给了他。如今，他算是大富翁了，可是他的每一天仍然是在勤奋的创作中度过的。

斯蒂芬·金成功的秘诀很简单，只有两个字——勤奋。正是这两个字引领斯蒂芬·金从最初的穷困潦倒中走出来，并一步步走向现在的荣誉和财富。一年之中，斯蒂芬·金只有三天的时间不写作，也就是说，他只有三天的休息时间。这三天是他的生日、圣诞节和美国独立日（国庆节）。而勤奋给斯蒂芬·金带来的好处是：拥有永不枯竭的灵感。

在这一点上，斯蒂芬·金与一般作家有所不同。一般的作家在没有灵感的时候就会去干别的事情，不会逼迫自己硬写。但斯蒂芬·金在没有什么可写的情况下，每天也要坚持写五千字。这是斯蒂芬·金在早期写作时，他的一位老师传授给他的一条经验，他一直坚持这么做，这使他终身受益。斯蒂芬·金曾说："我从没有过失去灵感的恐慌。"

德国妈妈讲给孩子的话

勤奋出灵感。缪斯女神对那些勤奋的人总是格外青睐的，她会源源不断地给这些人送去灵感。毫无疑问，取得骄人的成绩离不开勤奋刻苦的学习。当然，勤奋也不是玩命，它贵在持之以恒，斯蒂芬·金最让人敬佩的一点就是他能真正做到永不懈怠。

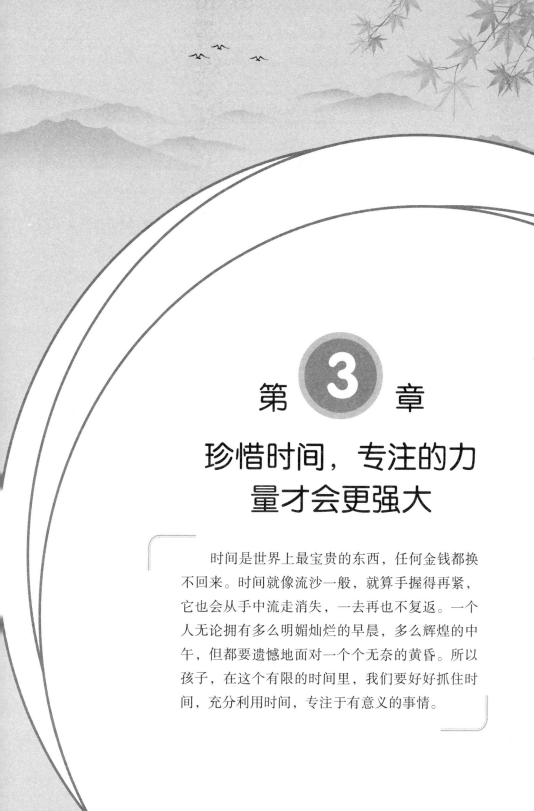

第 3 章

珍惜时间，专注的力量才会更强大

时间是世界上最宝贵的东西，任何金钱都换不回来。时间就像流沙一般，就算手握得再紧，它也会从手中流走消失，一去再也不复返。一个人无论拥有多么明媚灿烂的早晨，多么辉煌的中午，但都要遗憾地面对一个个无奈的黄昏。所以孩子，在这个有限的时间里，我们要好好抓住时间，充分利用时间，专注于有意义的事情。

现在就出发

莎莎娜是美国纽约百老汇最年轻、最负盛名的演员之一，她是这样讲述自己的成功之路的。

几年前，当莎莎娜还是一名学生时，她参加了一次校际演讲比赛，她将自己的梦想告诉了在场的所有人："大学毕业后，我要努力成为百老汇一名优秀的主角。"演讲结束后，莎莎娜的心理学老师找到她，质问她："为什么现在不去百老汇，而非要等到毕业后才去呢？"莎莎娜想了一下说："是呀，大学并不能帮我实现梦想。"于是，她决定一年以后就前往百老汇去实现自己的梦想。老师又生气地问："为什么现在不去，非要等到一年后去呢？"听完老师的话，那个辉煌的梦想出现在她的脑海里，她终于下定决心，下个月就前往百老汇。老师又问："为什么今天不去呢？"莎莎娜激动不已地说："好，我现在就去订机票，马上出发。"就这样，莎莎娜当天便飞赴她梦想中的殿堂。

当时，百老汇的制片人在酝酿一部经典剧目，正在征选最佳女主角。制片人的要求是在100个人当中挑选12个，然后再在12个人中选择最优秀的一个。挑选方式是让他们每人念一段剧本中主角的台词。

莎莎娜千方百计地从一个化妆师手里要到了剧本，然后闭门苦读，悄悄演练。正式面试那天，她是第40个出场的应征者，制片人问她是否有过表演的经验，莎莎娜甜甜地一笑说："我可以给您表演一段曾经在大学里演出过的剧目吗？"制片人不愿打击一个热爱艺术的青年的心，便同意了她的请求。可是，当制片人听到莎莎娜使用的台词正是将要上演的剧目中的对白时，便被她那真挚的感情、惟妙惟肖的动作惊呆了，他立刻宣布面试结束，女主角已经找到了。

就这样，莎莎娜刚到纽约就顺利地向梦想迈出了第一步，穿上了她人生中的第一双红舞鞋。

德国妈妈讲给孩子的话

很多人都曾经有过远大的人生目标，而且大部分人都曾狂热地追寻过，但随着时间的流逝，很多人慢慢忘记了自己最初的目标。一张地图，不论描绘多么详尽，它永远不可能带着看它的人在地面上移动半步。时间就是机会，只有付诸行动，才能实现目标，不是吗？

 # 富兰克林的时间

在富兰克林报社前面的书店里，一位犹豫了将近一个小时的男子终于向店员开口问道："这本书多少钱？"

"1美元。"店员回答。

"1美元！"这人又问，"你能不能少要点？"

"它的价格就是1美元。"店员解释道。

这位男子又看了一会儿，然后问："富兰克林先生在吗？"

"在，"店员回答，"他在印刷室忙着呢！"

"那好，我要见见他。"这个人坚持一定要见富兰克林。

于是店员将富兰克林请了出来。

这个人问道："富兰克林先生，这本书你能出的最低价格是多少？"

"1美元25分。"富兰克林不假思索地回答。

"1美元25分？你的店员刚才还说1美元呢！"这人质疑道。

"这没错。"富兰克林说，"但是，我情愿给你1美元也不愿意离开我的工作。"

这位男子惊异了。他想尽快结束这场由自己引起的争论，于是他说："好，这样，你说这本书最少要多少钱吧？"

"1美元50分。"富兰克林说。

"怎么又变成1美元50分？你刚才不是还说1美元25分吗？"小伙子以为自己听错了。

"对。"富兰克林平静地说，"你现在能出的最好的价钱就是1美元50分。"

小伙子觉得他简直是在抢钱，但是那本书他又爱不释手，于是付了1美元50分后十分气愤地准备离开。富兰克林拦住了他，并对他说："小伙子，你等一等，我想在你的书上写几个字。"小伙子一听，觉得钱花得值了。于是，这位历史上著名的政治家和科学家在那位小伙子的书皮上写下了那句广为流传的名句："时间就是生命，时间就是金钱。"

那位年轻人看着这句话，非常感激地望着富兰克林说："先生，非常感谢您，这是我终生难忘的一堂课。"他明白了，富兰克林先生并不是要多卖那几十美分，而是想告诉他，不要在微小的细节上浪费宝贵的时间。

德国妈妈讲给孩子的话

时间就像一个任性的孩子，不管你多么富有，或者多么有智慧，它都不会为你停留。但是，时间对于每个人来说都是公平的，面对同一个机会，谁及时抓住了时间，不断努力，他就有可能获得成功。

梦想永远不会退休

美国威斯康星大学的一位老教授面临退休，他很无奈，也很伤感，毕竟他全身心地热爱着教育和科研事业。虽然他桃李满天下，但心里有个梦想才刚刚开始，这个时候让他退休，多么令人遗憾啊！家人纷纷劝他理性地看待大学教育的规律和人的生理局限，希望老人学会放下，安享晚年。他的孩子还幽默地对父亲说："其实英雄也是这样安排晚年的。"老人只好笑了笑说："好吧，我试试。"不过，家人都知道老人是个永远不会"安分守己"的人，他的心里永远有火焰在燃烧。

果然，雷德里化验所的制药厂很快就寄来了聘书，请老人担任他们的顾问，而且老人可以独立工作，和从前他作为植物学教授时一样。老人高兴得像个孩子，他终于可以开始自己的新梦想了——研制一种特效药，用来拯救那些被病魔折磨的人们。

到了制药厂，老人马上全身心地投入到科研当中。那时候，老人身边的所有人都认为，减轻多数传染病病痛的灵丹妙药应该潜藏在泥土里，老人想通过实验来证明这充满奥妙的猜想。

在实验室中，老人准备了6000个小抽屉，每个小抽屉里都盛放着采集自世界各地的泥土样品。即便只是参观一遍这些琳琅满目的泥土，也足以让人眼花缭乱。但老人却要在以后的岁月里，将一小撮一小撮的泥土样品放置在细颈实验瓶内交互配合，让它们生长出令人惊喜或令人困惑的霉，然后按照计划去做无数次的实验，从这些霉中分离出对病菌产生作用的物质。

有人计算过，老人的6000份泥土样品至少要做3600万次实验才能够得出结果。3600万次！这个恐怖的数字会吓倒众多平常人吧。纵然是一些年富力强的科研工作者也会三思而后行吧？老人偏偏在自己应该安享晚年的时候，向自己人生当中的最后一座山发起冲刺。

这种单调且无人喝彩的工作，老人每天都极其顽强地坚持着，家人都为他捏着一把汗：他累倒了怎么办？实验失败了怎么办？两年过去了，老人一无所获。

其实，老人始终没有觉得自己活得多么苦、多么累、多么惊险，他觉得自己就是在用时光雕刻着一座既好看又好玩的城堡，只不过成效会缓慢些罢了。即使将来这座城堡无法竣工，它也具有像维纳斯断臂那样的残缺美，更何况自己工作时还尽情地享受了工作和冒险的乐趣呢。

有一天，他第一次发现某个实验瓶里生长出了一种金色的霉，美得惊心动魄。他激动得心咚咚直跳，一种强烈的预感鼓舞着他忘我地投入到更加严密且艰辛的研究工作当中。经过无数次实验，他终于从中分离出一种抗生素。后来的实践证明，这种抗生素可以控制五十多种严重病症，这就是著名的金霉素。金霉素的诞生可谓石破天惊，老人乘胜追击，很快又分离出另一种广效抗生素——四环素。

这位贡献卓越、非凡不羁的老人就是植物学教授德格博士。

德国妈妈讲给孩子的话

德格教授利用退休后的时间，经历无数次实验，最终发现金霉素，为人类的医药事业做出了巨大贡献。他的事迹告诉我们：人到了年纪就要退休，但梦想永远不会退休。你可以和时间老人赛跑，只有珍惜时间，梦想才有实现的可能。

牛顿请客

一天，牛顿邀请好朋友来家做客，他将事先准备好的炸鸡端出来，准备和朋友一同享用。牛顿坐下后，忽然想起应该和朋友喝杯酒，便起身去内室取红酒。当他进入内室后，忽然间想到了月球轨道计算的新方法，他研究这一课题已经很久了，这是一个从未试过的新方法，对整个计算都有很大的帮助。

于是，牛顿急忙跑到桌边，提笔演算起来，朋友和红酒早已被他抛到脑后。坐在客厅等他的朋友看见牛顿这么久还没出来，料定他又开始工作了。因为朋友习惯了牛顿科学至上的态度，他们对他的冷落倒也不觉得生气，便自顾自地在客厅吃起来。为了避免打扰牛顿的工作，朋友在吃完饭后便悄悄地离开了。

内室中，牛顿用了很长一段时间终于计算完了。这时，他才忽然想起自己宴请朋友的事情。他急忙来到客厅，准备跟朋友道歉，却发现已经人去碗空，只有桌子上的一堆鸡骨头还摆在那儿。牛顿拍了拍自己的脑子，顿悟似的说道："我以为我没有吃饭，原来我已经吃过了。"说完，他又转身朝内室走去，还有一大堆疑问在等着他呢！

德国妈妈讲给孩子的话

不管是爱因斯坦还是爱迪生，或者是牛顿，这些伟大的科学家都是非常珍惜时间的人。对他们来说，废寝忘食是再正常不过的事情。也许，正是因为他们对时间如此珍惜，才使他们成为了世界科学史上的巨人。

爱拖沓的路亚

路亚刚找到一份新工作，给一位公司经理做助理。他虽然勤奋、努力，事必躬亲，但总是被一些琐事包围着。他生性优柔寡断，缺乏自我管理能力，做事情分不清轻重缓急。对一些重要而自己又不太懂的事，他总是采取逃避的态度，非拖到不能再拖的时候才动手去处理，结果却因时间仓促，常常草草了事。

一次，老板出差前让路亚起草一份在董事会上的发言稿。路亚想，时间还有一周，不必着急，于是他决心好好给老板露一手。

可是接下来的几天，他忙于完成另外的几件事：寄了几封信，发了几份传真，打了几个无关紧要的电话，给老板的一位朋友买了一束鲜花去祝贺他的开业之喜，又和自己的几个朋友小聚了一两次。

忽然，一天上班之时，路亚想到老板第二天就要回来了，可是他要的发言稿一个字都没写。他本打算全力以赴完成这个发言稿，可是他已安排了一个预约接待，一谈就是半天，下午又要去机场接经理回来，然后他又被别的部门叫去协商安排明天的会议。终于，他把一切安排妥当，却已经到了下班的时间，于是路亚决定回家加班赶稿。

回家吃过饭，电视里又有一场精彩的足球赛，路亚终于忍不住把球赛看完，此时已是晚上深夜时分，他刚写了开头，又发现一些文件忘了拿回来了，只好在第二天趁早到办公室写出发言稿的后半部分。结果，一份轰轰烈烈、一鸣惊人的发言稿变成了一份毫无特色、草草而就的文件。

就是拖沓的坏习惯让路亚每次都做不好工作。

德国妈妈讲给孩子的话

总有一些人的生活过得一塌糊涂，他们对于时间没有任何计划，做事情也分不清轻重缓急。于是，他们常常到了紧要关头才发现，最重要的事情还没有做。这时候，他们不去反思，反而抱怨时间不够用。就像这个爱拖沓的路亚，工作总是做不好。

孩子，时间不会告诉你什么事情该先做，什么事情值得做。时间只会任由你挥霍，然后在你失去它之后，让你追悔莫及。

利用闲暇的爱尔斯金

卡尔曾经是美国近代诗人、小说家和出色的钢琴家爱尔斯金的钢琴老师。

有一天，卡尔在给爱尔斯金授课的时候，忽然问他："你每天总共要花多长的时间去弹钢琴？"

爱尔斯金说："大约三四个小时。"

"你每次练习间隔的时间都很长，对吗？"卡尔追问。

"我想是这样的，每次差不多一个小时，至少也是半个小时以上。我觉得这样才好。"爱尔斯回答。

"不，不要这样！"卡尔说，"你将来长大以后，每天都不会有很长的空闲时间。你应该养成一种用极少时间来练习的习惯，一有空闲就练习。比如在你上学之前，或在午饭之后，或在工作的休息时间，哪怕只有一分钟也要去练习一下。你把短时间的练习分散在一天里，如此一来，弹钢琴就成了你日常生活中的一部分了。"

爱尔斯金听从了卡尔的忠告，他就这样弹钢琴，一直弹到他大学毕业。当爱尔斯金在哥伦比亚大学教学的时候，他想兼职从事创作。可是上课、阅卷、交际等事务把他白天和晚上的时间完全占满了。差不多有两个年头，他不曾动笔，一直苦恼的是"没时间"。

有一天，他忽然又想起了卡尔老师告诉他的话，于是到了下一个星期，他便重新开始实践"短时间练习法"，只要有五分钟左右的空闲，他就坐下来写作，每次写一百字或短短的几行字。

出人意料，在那个学期快结束的时候，爱尔斯金竟写出了一堆厚厚的手稿。后来，爱尔斯金用同样的方法，创作了长篇小说。他的授课工作虽每天都很繁重，但是他每天仍有可利用的闲暇用来写作和练习钢琴。爱尔斯金惊奇地发现，每天无数个几分钟的时间，足够他完成创作和弹琴两项工作，而且最后都取得了丰硕的成果。

德国妈妈讲给孩子的话

当"没有时间"成为我们的借口时，平庸就会时刻伴随我们。如果我们总想用一大块完整的时间去做一件事，那么很多事情可能就没有机会去做。把那些零碎的时间利用起来，你会发现，时间会一下子充裕起来。

"时间冠军"马卡罗夫

小时候，马卡罗夫总喜欢坐在光影浮动的海边，看一艘艘轮船在湛蓝的海面上来回穿梭，激荡起一道道绚烂而美丽的浪花。那些威武壮观的巨轮深深地吸引了他，他多么希望自己将来也能够成为一名工程师，建造出更大的轮船。

马卡罗夫出生在乌克兰一个叫敖德萨的海港。得天独厚的环境，为他实现梦想打下了良好的基础。人们常常看见，每逢巨轮出港时，顽皮的小马卡罗夫总是挥舞着稚嫩的双臂，在美丽的海边，奋力地向前奔跑。然而很少人知道，他是在追赶那蓝色大海里的轮船，那是他梦想的方向。有了梦想，他就有了动力。进入学校以后，他如饥似渴地学习文化知识，以优异的成绩从大学毕业。1958年，他如愿进入了前苏联的黑海造船厂。他特别珍惜这个来之不易的机会，每天拼命地工作，全身心地投入到造船事业上，并超前完成任务。由于工作能力突出，他很快就当上了组装车间的主任。

他工作的年代正值前苏联与美国争霸最激烈的时期，苏联意欲称霸五大洋，于是就大力发展海军事业。因此，很多重大的造船工作就落到了黑海造船厂的头上，其中最引人注目的是"库兹涅佐夫"号和"瓦良格"号两艘航空母舰，都将在此建造。

当大家都在为这一喜讯而欢呼时，马卡罗夫的心里却陡然沉重了许多，因为老厂长甘科维奇刚找他谈过话，并将这一高难度的任务交给了他。他明白自己肩上的担子有多重；要承建大型的航母，船厂就必须对船坞生产设施进行全面改造，同时又不能影响船厂现有的工作秩序。这就要求他必须运用自己的智慧与时间赛跑，且必须要赢得胜利。

1976年10月，马卡罗夫被任命为黑海造船厂总工程师，全面主持船厂工作。过去厂区内面积最大的一号船坞采用的是"分段式装配造船法"，只有在一条船造好离开后，才能建造下一条船，严重制约了生产效率。几经考察后，马卡罗夫从芬兰科尼公司买回了两座起重能力超强的天车，将船坞内所有的平台打造成了一条流水线。有了这两部超级天车，超大型造船组件就可以通过天车进行传送，从而使大型航母舰艇实现了流水线生产，大大节省了建造时间，一下子将船坞的使用效率提高了好几倍。

三年后，工作能力极为出色的马卡罗夫被任命为黑海造船厂厂长。自此，航母建造工作也进入了快车道，黑海造船厂成为了全苏联乃至全欧洲最忙碌的造船基地。他对造船的所有环节都了如指掌，对待工作的要求更是严格至极，绝不允许有丝毫的差错。为此，他辞退了许多工作不力的部门领导和工人，也得罪了一大批人。尤其令人叹服的是，航母的总段与总段间的对接缝线有500多米长，施工难度极大，但马卡罗夫和造船的工匠们考虑极为周全，他们竟然将对接缝净尺寸做到了0.1毫米的精确度，这在当时可以说是一个奇迹。

在建造"库兹涅佐夫"号航母时，航母上有将近3600间舱室，且各个舱室均布满了极为复杂的电缆和设备，如果把每间舱室都检查一遍，需要花费60多个小时。每天早上，马卡罗夫六点开始办公，用半小时处理文件，然后召集车间主任和建造师们，监督检查重点舱室。八点左右召开现场会，就现场发现的问题或疏漏进行问责追查，并提出整改措施。因此，厂里的所有人都把他的视察路线命名为"马卡罗夫大道"，并尊称他为"时间冠军"。那一刻，每个人的心中都充满敬畏，这条"大道"上流淌着的是一丝不苟的严谨，一种时间高效安排的智慧以及对国家的高度忠诚。

德国妈妈讲给孩子的话

莎士比亚说："不管时间怎样吞噬着一切，我们都要在这一息尚存的时候，努力博取我们的声誉，使时间的镰刀不能伤害我们。"无疑，马卡罗夫做到了，他不愧是一名真正的"时间冠军"。孩子，你愿意做一名"时间冠军"吗？你又打算怎样去做呢？

他们都擅长利用零碎的时间

哈丽特·斯托夫人是一位有着繁重家务负担的家庭主妇，作为一个繁忙的母亲，她既需要操持家务，又需要照顾孩子。然而，繁忙工作中的任何一点闲暇，她都用来构思和创作她的小说。她就是在那样的条件下完成了那部家喻户晓的名著——《汤姆叔叔的小屋》。尽管她成就卓著，然而各种各样的消极干扰始终围绕着她，这种干扰完全可能使得绝大多数妇女在琐碎的家庭职责之外不

可能有任何别的作为。由于她对时间分秒必争的态度和超常的毅力，在妇女

中很少有人能够做到像她那样，她最终做到了"化平凡为辉煌"。

跟她一样善于利用零碎时间的人还有很多，例举如下：

苏格兰著名诗人彭斯的许多优美的诗歌，都是他在一个农场上劳动时完成的。

当德·格里斯夫人在等待给公主上课之前，她就把时间用于创作，日积月累，她竟然写出了好几部充满吸引力的著作。她后来成了法兰西王后的密友。

《失乐园》的作者弥尔顿是一位牧师，同时他还是摄政官秘书和联邦秘书。在繁忙的工作之余，他注重利用一些零碎的时间坚持苦读，争分夺秒。

伽利略是一名外科医生，他努力挤出时间从事科学研究，以专心致志的态度和常人少有的勤勉，充分利用每一分每一秒的时间进行探索、思考和研究，从而为后人留下了丰硕的成果。

约翰·斯图亚特·密尔曾经在东印度公司当小职员，他的许多传世之作都是在这一时期完成的。

德国妈妈讲给孩子的话

"现在什么事都干不了，还有一会儿就要开饭了。"很多人都会这样说。但实际上，有那么多人在精打细算地利用好每一分每一秒，他们充分利用了这些被许多人轻易浪费的时间，从而为自己建立了人生和事业的丰碑。那些被虚耗的时光，如果能够得到有效利用，完全有可能使你出类拔萃。

小戴尔钓鱼

戴尔少年时，父亲带着他和哥哥去钓鱼。看着父亲和哥哥一人一根钓鱼竿站着钓，戴尔突发奇想："一根钓竿一个鱼钩，每次只能钓上一条鱼，这样太耽搁时间了，如果把鱼线织成网状，在每个交结的地方挂上一个鱼钩，放上鱼饵，这样也许一下子就能够钓上很多鱼。"

说干就干，戴尔开始编织自己想象中的网，可是父亲却不止一次放下手中的鱼竿，跑到他身边说："戴尔，别浪费时间了，没有人像你这样钓鱼的，这样不可能钓得到鱼。"可是戴尔却不理会父亲的劝告，还是低头弄自己的网和鱼钩。

快吃中饭时，所有的人都满载而归，唯有戴尔才刚刚把网固定到水里。

吃中饭时，戴尔的父亲和哥哥都打趣地问戴尔："要不要把家里的货车开来？我估计你钓上来的鱼太多了，我们几个是弄不回去的。"

戴尔却不理会，仍然倔强地说："多放一个钩子就能够多钓上一条鱼，我怎么能不多放几个钩子呢？"吃完中饭，休息一个多小时后，戴尔把网拉上来，竟然真的比父亲和哥哥钓的鱼多。

如今，戴尔成为世界上真正的电脑业巨子。在总结经验时，戴尔说得最多的还是那句话："多放一个钩子，就能够多钓上一条鱼，我怎么能不多放几个钓钩呢？"

什么是"珍惜时间"，什么是"浪费时间"，大家的看法可能不一样。父亲和哥哥认为戴尔是在浪费时间，但他自己可不这么认为，最终，结果说明了一切。评判你是否珍惜时间的标准，不仅仅是争分夺秒，还有效率。花时间思考方法是值得的，不是浪费时间。所以，遇到事情，不一定要马上去做，而要花点时间想想怎样提高效率，这是"珍惜时间"的另一种方式。

羚羊和猎豹

在美丽的草原上，曙光刚刚划破夜空，一群羚羊从睡梦中惊醒。羚羊们想："新的一天开始了，我们得抓紧时间跑，如果被猎豹发现了，我们就可能被它吃掉！"于是，羚羊们起身向着太阳升起的方向飞奔而去……

几乎在羚羊群奔向远方的同时，一只猎豹也惊醒了，它起身摇摆了几下，抖去身上的灰尘。猎豹思索着："我已经有两天没吃东西了，我需要立即开始寻找昨晚没有追上的猎物。如果今天还追不上它，我可能会饿死！"猎豹望着太阳升起的方向，大吼一声，狂奔而去……

就这样，每当新的一天刚刚开始，草原上便出现了一幅壮观的景象：猎豹紧紧追赶着羚羊群，它们各自拼命地奔跑，它们的身后扬起了滚滚黄尘……

这场追逐的结局只有两种情况——羚羊快，猎豹可能会饿死；猎豹快，羚羊就会被吃掉……但是，哪怕羚羊只比猎豹早跑上30秒，就有可能保

全性命，这30秒意味着羚羊或猎豹是活着还是死去……

德国妈妈讲给孩子的话

　　不管对于羚羊还是猎豹，时间都意味着生命。在这场追逐中，稍有不慎，它们就会失去自己的生命，所以它们都拼命去跑得快一点儿，再快一点儿。对于我们而言，时间同样意味着生命。在生活中，虽然我们未必会面临生死挑战，但是，只有珍惜时间、合理利用时间的人，才会得到幸运之神的眷顾。

一个值两万美金的建议

　　一家钢铁公司的总裁舒瓦普请效率专家布莱兹进行企业诊断。

　　总裁介绍说："我们知道自己的目标，但不知怎样更好地执行计划。"

　　布莱兹说："我可以在10分钟内给你一样东西，这东西至少能把公司的业绩提高50%。"

　　布莱兹递给总裁一张空白纸条，让他在纸上写下六件第二天要做的最重要的事。总裁写完六件事后，布莱兹让他在纸条上用数字标明每件事对公司的重要性次序。

　　布莱兹接着说："现在把这张纸放进口袋。明天早晨第一件事是把纸条拿出来，做第一项。不要看其他的，只看第一项。着手办第一件事，直到完成为止。然后用同样的方法做第二项、第三项……直至你下班为止。如果你只做完第五件事，那也不要紧。因为你总是做着最重要的事。"

　　整个会议历时不过半个小时。几个星期后，布莱兹收到一张两万美元

的支票和一封信。舒瓦普在信中说："那是我一生中最有价值的一课。"

> **德国妈妈讲给孩子的话**
>
> 我们每天似乎都有做不完的事情。晚上睡觉前，我们总是在想明天还有好多事情，甚至会觉得毫无头绪。如果你不知道要先开始做什么的话，不妨写下你需要干的事情，然后从最重要的事情开始做起。最重要的事情一定是值得你花时间专心去做的，所以它对于你来说也是最有价值的。

惜时如命的爱迪生

"发明大王"爱迪生从小就对很多事物感到好奇，而且喜欢亲自去试验一下，直到明白其中的道理。他长大以后，根据自己这方面的兴趣，一心一意做研究工作。他在新泽西州建立了一个实验室，一生共发明了电灯、电报机、留声机、电影机、磁力析矿机、压碎机等等总计两千余种物件。爱迪生顽强的研究精神使他对改进人类的生活方式做出了重大的贡献。

"浪费，最大的浪费莫过于浪费时间了。"爱迪生常对助手说，"人生太短暂了，要多想办法，用极少的时间办更多的事情。"

一天，爱迪生在实验室里工作，他递给助手一个没上灯口的空玻璃灯泡，说："你量量灯泡的容量。"然后，他又低头工作了。过了好半天，他问："容量多少？"

爱迪生没听见回答，转头看见助手拿着软尺在测量灯泡的周长、斜度，并拿了测得的数字伏在桌上计算。他说："怎么费那么多的时间呢？"他走过来，拿起那个空灯泡，向里面装满了水并交给助手，说："把里面的水倒在量杯里，马上告诉我它的容量。"助手立刻读出了数字。

爱迪生接着说："这是多么容易的测量方法，它既准确，又节省时间，你怎么想不到呢？还去算，那岂不是白白地浪费时间吗？"助手的脸红了。

爱迪生最后说："人生太短暂了，要节省时间，多做事情啊！"

德国妈妈讲给孩子的话

爱迪生是举世闻名的"发明大王"，他一生发明了许多东西。他每一次发明创造的过程，都是与时间赛跑的过程。从爱迪生身上，我们可以发现时间的价值。我们每一个人只有珍惜时间，才能做更多的事情，才可以实现更多的梦想。

每天多花一小时

20世纪70年代末，一个年轻人开了间小杂货店。按照当时人们的经营习惯，杂货店一般在晚上十点钟就关门了。一天晚上，年轻人在忙着清理货架准备关门的时候，店里忽然走进几个买东西的人，年轻人接待了他们。送走他们之后，年轻人又在店里多待了一会儿，结果又有几位顾客上门。

后来，这个年轻人改变了店铺的经营时间，每天营业到晚上十一点才关门。由于比其他杂货店营业延长一个小时，他的店铺成了附近人们深夜购物的首选地点。

一年过后，他的小杂货店规模扩大，营业总额达到了两亿日元。他趁机发展，生意越做越大。到2002年的时候，他的店铺总营业收入达到了48亿日元。这个成就大业的年轻人名叫安田隆夫。

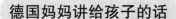

德国妈妈讲给孩子的话

安田隆夫的成功，除了他的用心经营之外，还因为他比别人每天多营业了一小时。时间是很神奇的东西，只要你肯付出，它就会产生奇迹。

一道数学难题

一百多年前，有这样一道数学题难住了全世界的数学家：$2^{67}-1$，究竟是质数，还是合数？

这是一个有关数论的题目，虽然它的知名度远不如"哥德巴赫猜想"，但是破解它的难度，一点儿也不逊于后者。数学家们做过种种尝试，都无功而退。

出人意料的是，1903年，在美国纽约举行的一个学术报告会上，一个叫科尔的数学家，成功地攻克了这道数学难题。

他的论证方法很简单：先计算$2^{67}-1$，然后把193 707 721和767 838 257 287相乘，两次结果相同。由此证明，2的67次方减去1是合数，而不是人们怀疑的质数。

更令人惊奇的是，科尔并不是专门研究数论的数学家，这只是他的业余爱好。

采访时，记者问："您论证这道题目花了多长时间？"他说："三年来的全部星期天。"

德国妈妈讲给孩子的话

孩子，科尔的成果看起来像是额外的收获，可是他付出的辛劳，只有自己最清楚。科尔的成功不是意外，而是艰辛努力的结果。你的时间用在哪里，你的成就将会在哪里。

第 **4** 章

专注细节，
生活就不会亏待你

有这么一首著名的民谣："少了一枚铁钉，掉了一只马掌；掉了一只马掌，丢了一匹战马；丢了一匹战马，败了一场战役；败了一场战役，丢了一个国家。"因为一枚铁钉，最后导致了一个国家的灭亡，这似乎有些夸张，但细节的确十分重要，细节关乎成败。

细节不仅决定成败，还决定一个人的命运。一个注重细节的人，一定也是一个专心做事的人，他更有可能去创造出属于自己的明天。

杰尼斯求职

杰尼斯前几天跟一个公司约好去面试，但是早上出门的时候，杰尼斯不慎碰翻了水杯，将放在桌上的简历浸湿了。为尽快赶到会场，杰尼斯只将简历简单地晾了一下，便将它匆匆塞进背包。

杰尼斯应聘的是一家房地产公司的广告策划主管岗位。按照这家企业的要求，招聘人员将先与应聘者简单交谈，再收简历，被收简历的人将会得到面试的机会。

交谈中，招聘人员问了杰尼斯三个问题后，便向他要简历。杰尼斯受宠若惊，赶忙掏出简历，他这才发现，简历上不光有一大片水渍，而且它已经不成样子了。杰尼斯努力将它弄平整，递了过去。看着这份"伤痕累累"的简历，招聘人员的眉头皱了皱，但还是收下了。那份有褶皱的简历夹在一叠整洁的简历里，十分显眼。

三天后，杰尼斯参加了面试，他的表现非常活跃，无论是现场演示PPT，还是为虚拟的产品做口头推介，他都完成得非常不错。在校读书时曾身为学校戏剧社骨干社员的杰尼斯还即兴表演了一段小品，赢得了面试负责人的啧啧称赞。当杰尼斯结束面试走出办公室时，一位女士对他说："你是今天面试者中最出色的一个。"

然而，面试过去一周后，杰尼斯依然没有得到回复。他急了，于是忍不住打电话向那位负责人询问情况。那位负责人沉默了一会儿，告诉他："其实我对你是很满意的，但你败在了简历上。老总说，一个连简历都保管不好的人，是管理不好一个部门的。你应该知道，简历实际上代表的是你的个人形象。将一份凌乱的简历投出去，有失严谨。"

这件事给了杰尼斯深刻的教训，从此以后他变得细心起来。他深切地

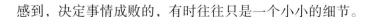
感到，决定事情成败的，有时往往只是一个小小的细节。

德国妈妈讲给孩子的话

要展示完美的自己很难，因为每一个细节都要完善；毁掉自己很容易，只要一个细节没注意到，就会给你带来难以挽回的影响。小错误会引发大损失，小事情也可能决定大成败。事物的发展常常是一个由小到大的过程，当事物存在微小的隐患时，如果不给予足够的重视，及时进行处理，就会留下无穷的后患。

默巴克的换币机

默巴克是美国斯坦福大学的一名普通学生。虽然他的生活境况不好，但他喜欢读书，学习成绩一直都非常好，每年他都能拿到奖学金。为了减轻父母的压力，默巴克从上大学开始就打零工，比如收发信件、修剪草坪等，后来他又承包了打扫学生公寓的工作，也正是这个工作改变了默巴克的一生。

从开始打扫学生公寓那天起，默巴克就不断地在墙脚、沙发缝、学生床铺下扫出许多沾满灰尘的硬币，这些硬币有1美分、2美分和5美分的，而且每间学生公寓里都有。可当默巴克将这些硬币还给同学们的时候，同学们都表现出了不屑的神情。在他们眼中，几分钱能做什么呢？甚至连个冰棍都买不起。

对于这种现象，默巴克非常惊异，也十分不理解，于是他给财政部和央行写信，反映小额硬币被人白白扔掉的事情。财政部很快给默巴克回信说："每年有310亿美元的硬币在全国市场上流通，但其中的105亿美元正如

你所反映的那样，被人随手扔在墙脚或沙发缝里了。"

105亿美元，这对于默巴克而言是多么巨大的天文数字呀！这些硬币常常散落在沙发缝、地毯下、抽屉角落等地方，如果能使这些硬币流通起来，利润将多么可观啊！

1991年，默巴克从斯坦福大学毕业了，他始终没有忘记财政部写给他的回信，于是刚毕业他便成立了自己的"硬币之星"公司，推出了自动换币机。顾客只要将手中的硬币倒进机器，机器会自动点数，然后打出收条。顾客可以凭收条到超市服务台领取现金。当然，自动换币机收取约9%的手续费。

这种机器很快得到了大众的好评和喜爱，美国各地的超市纷纷同默巴克的公司联系，要求合作。五年间，"硬币之星"公司在美国8900家主要超市连锁店设立了1.08万台自动换币机，并成为纳斯达克的上市公司。一文不名的穷小子默巴克则一夜暴富，成了令人瞩目的大富翁。人们都称他为"一美分垒起的大富翁"。

德国妈妈讲给孩子的话

细节常常能够检验出一个人是否有敏锐的眼光，是否有在细微处洞察事理的头脑，是否能在平凡的生活中干出不平凡的业绩。假如你想要从细节处突破，就需要有精益求精的精神。把每一件简单的小事做好，就是了不起的成就。

尼森的意外发现

有一天，美国斯坦福大学生物系学生尼森正在图书馆里埋头攻读一本名叫《生物变种遗传基因研究》的书，这本书虽然他读过好多遍，但仍然爱不释手。

奇怪的是，当他再次打开这本书的时候，突然有一种异样的感觉，好像这本书总有些特别的地方。于是，他仔细注意书中的每一个细节，果然有所发现。原来，在书的内文中有9处数字下面出现了模糊的墨迹。如果不特别留心，就不会发现。

尼森把这9个数字按在书中出现的先后顺序连起来，就是741256921。尼森认为这其中肯定有什么秘密，他决心揭开这个谜底。

尼森开始对这本书展开调查，他发现这本书是由劳腾斯出版社于1928年出版的，作者是威斯康星大学的教授皮尔先生。在此书出版时，皮尔教授已61岁，三年后他因病去世。此书只印了一版，而且数量极少，只有420册，美国各图书馆总共收藏仅有十几本。

通过专家确认，这组号码最后被认定为一家银行地下保险库中的一个私人保险箱的密码。在保险库管理人员的帮助下，尼森找到了皮尔教授的名字，并用这组号码顺利地打开了保险箱。

令人惊异的是，保险箱里放着一封用蓝色丝绸包着的长信。在这封长达11页的信中，皮尔教授用伤感的文字介绍了自己默默无闻的一生，描述了出版这本书所遇到的困难和艰辛。他说，世人和学术界对这本书的淡漠，曾使他伤心至极。因此，他在书中的9个阿拉伯数字下面，亲自用笔尖点了一滴墨水，将这9个数字连起来就是这个保险箱的密码。如果有喜爱这本书的人发现了这个秘密，他就会把存放在这家银行里的36.34万美元遗产全部赠送给这个人。在信封里，还有一张银行的提款单和其他相关证明。按美国的有关法律，尼森可以获得这笔钱，而且当时的本息相加是274万美元。

就这样，尼森一夜之间变成了百万富翁。

德国妈妈讲给孩子的话

其实人与人在智力和体力上的差异并没有我们想象中的那么大，只是很多时候，对于细节我们视若无睹罢了。孩子，你有一颗敏感的心，有一颗对这个世界充满好奇的心。因此，你更要处处留心去把握好细节，养成注重细节的好习惯。在以后的人生中，你便会从中受益。

威廉的教训

那是极富戏剧性的一天。那天，威廉去一家公司应聘营销经理，年薪八万。威廉一路闯关，从99位应聘者中杀出重围，终获总裁召见。

那一天，威廉飘飘然地走进总裁办公室。总裁不在，只有一位年轻漂亮的女秘书带着一脸职业性的微笑对威廉说："先生，您好，总裁不在，总裁让您给他打个电话。"

威廉掏出手机，拨了一串号码。但就在这时，威廉看见办公桌上有两部电话，于是就问女秘书："我可以用这里的电话吗？"

"可以。"女秘书依然微笑着。

威廉拿起电话，终于跟总裁联系上了。总裁在那端兴奋地说："威廉啊，我看了你的简历，打听了你的情况，你的确很优秀，欢迎你加盟本公司。"

威廉高兴得心花怒放，第一个反应就是要将这个好消息与自己的女友分享。半个月前，女友出差去了国外。他刚拨了手机，却又迟疑了——这可是国际长途啊！这时，威廉又看了看那两部电话，忽然想到："我都快是公司的人了，他们是大公司，不会在乎那么一点儿电话费吧？"于是威廉便拿起电话："喂，米妮吗？告诉你一个好消息，总裁已经……"

恰在这时，另一部电话响起。

"先生，您的电话。"女秘书送了威廉一个诡秘的笑。

"对不起，威廉，刚才我的宣布作废。通过监控，你没能闯过最后一关，实在抱歉……"总裁在电话里温和地对威廉说，之后他果断地挂了电话。

"为什么？"威廉转身问女秘书。

女秘书惋惜地摇摇头，叹道："唉，许多人和您一样，都忽略了一个微小的细节。在没有成为公司正式员工之前，明明身上有手机，为何不用自己的手机呢？为什么要用公司电话打私人电话呢？"

德国妈妈讲给孩子的话

从小事上可以看出一个人的品质。尤其是那些不经意的细节，更能体现出一个人的真正品行。威廉也因此失去了到手的机会。所以孩子，以后不管做什么事情，你都不要忽略细节上的问题。在关键的时候，它会让你成功，可能也会让你失败。

失败的经历，也是一笔大财富

某著名大公司招聘职业经理人，应征者如云，其中不乏高学历、相关工作经验丰富的人。经过初试、笔试等四轮淘汰后，只剩下六个人应聘，但公司最终只会选择一个人。所以，第五轮将由老板亲自面试。看来，接下来的角逐将会更加激烈。

可是当面试开始时，主考官却发现考场上多了一个人，出现了七个人。于是他问道："有不是来参加面试的人么？"这时，坐在最后的一个男子站起身来说："先生，我第一轮被淘汰了，但我想参加一下面试。"

人们听到他这么讲，都笑了，就连站在门口为人们倒水的老人也忍俊不禁。主考官也不以为然地问："你连考试第一关都没过，有什么资格参加这次面试呢？"这位男子说："因为我掌握着别人没有的财富，我本人就是一大财富。"大家又一次大笑。

这个男子说："我虽然只是个大专生，没有管理经历，但我有十年的工作经验，曾在12家公司任职……"这时主考官插话说："虽然你的学历和经历都不是很理想，但是工作经验还是很不错的，不过你却先后跳槽12家公司，这可不是什么令人欣赏的行为啊。"

男子说："先生，我没有跳槽，而是那12家公司先后倒闭了。"在场的人第三次笑了。一个考生说："你真是一个地地道道的失败者！"男子也笑着应答："不，这不是我的失败，而是那些公司的失败。那些失败成了我的财富。"

这时，站在门口的老人走上前，给主考官倒茶。男子继续说："我很了解那12家公司，我曾与同事极力地挽救它们，虽然不成功，但我知道错误与失败的每一个细节，并从中学到了许多东西，这是其他人所学不到的。很多人只是追求成功，而我，更有经验避免错误和失败！"

男子停顿了一会儿，接着说："我深知，成功的经验大抵相似，容易模仿，而失败的原因各有不同。与其用十年的时间学习成功的经验，不如用同样的时间学习如何避免错误与失败。这样，所学的东西会更多、更深刻。"

男子离开座位，做出要转身出门的样子，又忽然回头："这十年经历的12家公司，锻炼了我敏锐的洞察力，举个小例子吧——真正的考官，不是您，而是这位倒茶的老人……"

在场的所有人都感到惊愕，目光转而注视着倒茶的老人。那老人诧异之际，很快就恢复了平静，随后笑道："很好！你被录取了，我想知道，你是如何知道这一切的？"

老人的言语表明，他确实是这家公司的老板。这次要轮到这位考生一个人笑了。

德国妈妈讲给孩子的话

一个拥有敏锐观察力的人，懂得留心观察发生在自己身边的任何细微的事情。故事中的这个男子就是一个观察力敏锐的人，同时也是一个善于发现问题的人。实现人生的价值，必须靠自己去拼搏。或许过程不会那么顺利，像这位十年换了12家公司的人一样。但所有的经历都是有价值的，用心去观察、积累，它们必然会变成你的一大笔财富。

1.5秒惹的祸

1.5秒有多久？也就是眼睛一闭一睁的时间。1.5秒能惹什么祸？它差点儿毁了一家公司。

宝洁公司是一家专做日用消费品的大公司，他们生产的洗衣粉一经推出，就受到消费者的追捧。可是，从第三年开始，该洗衣粉的销量开始下滑。宝洁销售部门百思不得其解，为尽快找到

原因，他们想了很多办法，包括超市随机调查、开座谈会以及网络投票。

然而，没想到帮助宝洁找到原因的竟是消费者的一句抱怨。在一次超市的随机调查过程中，有一位中年妇女说："洗衣粉的效果其实很不错，只是每次洗衣粉都要倒那么多，很不划算。"

很快，在网络投票里多了一项"洗衣用量"的选项。结果还不到一个月，这项投票数占据了所有投票项的70%。他们赶紧找出洗衣粉的广告宣传片，进行现场播放。经过反复比较后，大家终于明白了，原来都是这则广告惹的祸。

原来，产品展示中倒洗衣粉的时间一共是3秒，而其他品牌的洗衣粉只有1.5秒！相差的这1.5秒钟，给人的感觉就是洗衣粉用量比较大。

宝洁公司广告部门迅速做出反应，将广告宣传片中倒洗衣粉的时间缩短，并在后续出厂的包装袋显眼位置上注明广告语"用量最少，效果最

好"，以提示消费者。

很快，宝洁的洗衣粉销量又开始回升。一年后，该洗衣粉重回洗衣粉销售量龙头的位置。

德国妈妈讲给孩子的话

虽然细节往往是人们不大能注意到的问题，但是不管是对于一个人还是对于一个企业来说，哪怕1.5秒也不能放过，因为决胜很可能就在于1.5秒。想想看，对于奥运会场上的田径运动员来说，1.5秒意味着什么？一点点的失误就可能让他与冠军失之交臂。

 # 一封投诉信

有一天，美国通用汽车公司的庞帝雅克部门收到一封客户抱怨信，上面是这样写的：

"这是我为了同一件事第二次写信给你们，我不会怪你们为什么没有回信给我，因为我也觉得这样别人会认为我疯了，但这的确是一个事实。"

"我们家有一个传统的习惯，就是我们每天在吃完晚餐后，都会以冰淇淋来当我们的饭后甜点。由于冰淇淋的口味很多，所以我们家每天在饭后才投票决定要吃哪一种口味，等大家决定后我就会开车去买。"

"但自从最近我买了一辆新的庞帝雅克后，在我去买冰淇淋的这段路程中，问题就发生了。"

"你们知道吗？每当我买的冰淇淋是香草口味时，我从店里出来，车子就发不动。但如果我买的是其它的口味，车子发动就顺得很。我要让你们知道，我对这件事情是非常认真的，尽管这个问题听起来有些不可思议。为什么这辆庞帝雅克当我买了香草冰淇淋它就无法发动，而我不管什么时候买其他口味的冰淇淋，它就没有问题？这是为什么呢？"

事实上，庞帝雅克的部门经理对这封信还真的心存怀疑，但他还是派了一位工程师去查看究竟。当工程师找到这位顾客时，很惊讶地发现这封信是出之于一位事业成功、积极乐观的人。工程师安排与这位顾客的见面时间刚好是在用完晚餐的时间，于是两人一个箭步跃上车，往冰淇淋店开去。当他们买好香草冰淇淋回到车上后，车子又发动不了了。这位工程师之后又依约来了三个晚上。第一晚，买巧克力冰淇淋，车子没事。第二晚，买草莓冰淇淋，车子也没事。第三晚，香草冰淇淋，车子发动不了。

这位工程师还是不相信这位顾客的车子对香草过敏。因此，他仍然不放弃继续安排相同的行程，希望能够将这个问题解决。工程师开始记下从头到尾所发生的种种详细资料，如时间、车子使用油的种类、车子开出及开回的时间……根据资料进行研究后，他有了一个结论，这位顾客买香草冰淇淋所花时间比较少。

为什么呢？原因出在这家冰淇淋店上。

因为，香草冰淇淋是所有冰淇淋口味中最畅销的口味，店家为了让顾客每次都能很快地取拿，便将香草口味特别分开陈列在单独的冰柜里，并将冰柜放置在店的前端；至于其他口味的冰淇淋则放置在距离收银台较远的后端。

现在，工程师所要知道的疑问是：为什么这辆车在从熄火到重新激活的时间较短时就会发动不了？原因很清楚，绝对不是因为香草冰淇淋的关系，答案应该是"蒸气锁"。因为当这位顾客买其他口味的冰淇淋时，由于时间较久，引擎有足够的时间散热，重新发动时就没有太大的问题。但是买香草口味的冰激凌时，由于花的时间较短，引擎太热，因此无法让"蒸气锁"有足够的时间散热。

这一发现使得通用汽车公司立即对这款车子进行了升级改造，挽回了差点就不可挽回的损失。

> **德国妈妈讲给孩子的话**
>
> 购买什么口味的冰淇淋跟汽车故障有关系吗？听完这个故事之前，你一定不会认为有。但是现在你知道了，购买香草冰淇淋确实和汽车故障存在着逻辑关系。问题的症结点在一个小小的"蒸气锁"上，这是一个很小的细节，而这个细节被细心的工程师发现了。也正是这个发现，为公司挽回了不少的损失。

多出的0.5欧元

柏林是德国的首都，也是德国最大的城市，它不仅是德国的政治、经济、文化中心，而且拥有世界上最好的公共交通系统。在这个城市大点儿的轻轨站和地铁站，都设有一个刷了红色油漆的小型自动照相馆，即类似中国公用电话亭的小房子。自动照相馆的操作方法很简单，你只需在投币处投进5欧元，坐进去摆好姿势，待准备妥当后按一下"开始"按钮，马上就有四张照片出来。

有一天，一名中国游客走到柏林地铁站口，突然心血来潮，想看看自动照相的效果。于是，他兴冲冲地投了5欧元进去，摆好姿势，挤眉弄眼了好几次却发现没有反应，后来才发觉机器出了故障，可钱已经被它吞进去了。他心想，怎么这么倒霉呢？这既没人证，也没物证，怎么维权？只能哑巴吃黄连，自认倒霉好了。就在准备离开的时候，他瞥见机器上有一个电话号码和通信地址，仔细看了看，意思是：若遇到机器故障，请写信或打电话通知本公司，并附上发生故障机器的代码、时间、地点，我们会如数将钱退回。

要不试试？写信还是打电话，他犹豫不决。打电话是省时方便，给对方留下姓名和账号，钱直接打到账户，可他的中文名字对他们来说应该是个难题。如果他们把名字写错，那还不是白忙活了一场？索性写信吧，虽然繁琐一点，但说得会更明白，退钱的几率也大些。于是，他将事情详细说明了一番，投进了邮筒。

因为钱不多，渐渐地，他将这事给忘了。那天，他打开电子银行，无意中看到一个5.5欧元的进账，想了半天，忽然记起应该是照片的退款。可问题是，他放进去的明明是5欧元啊，为什么会多给0.5欧元呢？

有一天，他跟一个德国人闲聊，讲了这个0.5欧元的故事，末了，他还以调侃的态度对他说："你们德国人真大方，还多给人家钱。下次我投个500欧元，你们是不是会多给50欧元啊？"

德国人却哈哈大笑："那多出的0.5欧元是你的邮费，你不是花了邮票钱吗？"

他恍然大悟，原来他们把邮费也退给了他。他们认为，没有完成拍照是他们的责任，理应赔偿他的全部经济损失。

德国妈妈讲给孩子的话

孩子，故事中的这个中国人跟朋友说那0.5欧元，也让我们开始反思：我们是否能像德国人一样，做到诚实守信，认真严谨？对德国人来说，所谓严谨，就是认真到近乎苛刻的地步。德国人在这一点上，是我们学习的榜样。

"哈根达斯" 的由来

20世纪30年代，冰淇淋开始风行于美国纽约街头。年轻的波兰移民马特斯有一手制作天然冰淇淋的好手艺，他也在自己的作坊里制作冰淇淋销售。因为制作工艺不错，再加上从不欺市卖假，他渐渐有了一些小名气。

但是他的作坊没开几年，产品的销路却不行了。因为当时为了竞争，已经有一些冰淇淋的作坊主开始在里面添加稳定剂和防腐剂，以延长产品的保质期，那些产品往往因添加剂而产生的口感取得消费者的青睐。那些制作方法，看上去似乎是多了一些程序，实际上却降低了成本。

马特斯作坊里的工人都建议他也跟着市场走，往冰淇淋里面加添加剂。如果不加添加剂，将很难继续参与市场竞争；但如果加了添加剂，就意味着他的冰淇淋从此与"天然"绝缘。到底是加还是不加呢？他为此伤透了脑筋。

一天，马特斯和几位朋友一起去商店买东西。当时天气很热，有几个穷孩子在商店门口买冰淇淋吃。这时，门口有一对衣冠整齐的富人夫妇走过。男人提议说："买两份冰淇淋吧！"女人的脸上刚出现一种赞同的神情，但是她看了看那几个正津津有味地吃着冰淇淋的穷孩子之后，马上改变了主意，说了句"算了"，就继续往前走了。

许多看到这一幕的人心里都很不平，马特斯的朋友甚至气愤地说："怎么会有这种人，穷人在吃，她就不吃了？难道还想有人为你们这些富人专门生产一种冰淇淋吗？"

说者无心，听者有意，马特斯立即闪出一个灵感来：这个市场缺少了一种象征高贵与时尚的冰淇淋！

马特斯回到作坊，对工人说："在现有的基础上，不惜成本继续努力提高精度和要求，无论是主料还是辅料，无论是原料还是加工过程！"

"老板，您不能这样，这就意味着我们的成本将会更高！"热心的工人们纷纷出言劝阻，"冰淇淋是一种人人都能买得起的便宜货，花这么高的成本去做不值得啊！"

"是的。所以，目前这个市场缺少的正是一种不是人人都能随意购买的冰淇淋精品！"马特斯肯定地说。

马特斯立志要生产出纯天然、高质量、风味绝佳的冰淇淋，抢占"高档冰淇淋"的市场空间。半年之后，他先后推出香草、巧克力和咖啡三种口味的高档冰淇淋，主要提供给一些高级餐厅和高级商店，销售状况非常不错。

不久之后，马特斯将他的冰淇淋正式命名为"哈根达斯"，以顶尖奢侈品牌的形象出现在市场上，那几十美元甚至上百美元的价位让普通冰淇淋顿时相形失色，他的目标消费群是高收入者中那些注重生活品位、追求时尚的年轻人。虽然，哈根达斯的高价位限制了消费群体，但同时也吸引了大批趋之若鹜的信徒和拥护者。在宣传策略上，马特斯也努力打造"高档"形象，哈根达斯几乎不做大众电视广告，只是偶尔出现在一些时尚杂志上。

时至今日，马特斯冰淇淋在全美国甚至全球多国都开设了专卖店，哈根达斯也成为全球性"尊贵品牌"。

多年之后，马特斯的那些同行朋友问他是怎么想到要生产"高档"冰淇淋的，他回答说："其实很简单，当时那个妇女不肯跟穷人们吃一样的冰淇淋的神情确实让人不屑，甚至为人所不齿。你们只看见了鄙夷，而我却看见了创造财富的机会！"

德国妈妈讲给孩子的话

　　孩子，大家全都看到了女人眼中的鄙夷，但马特斯看到的是机会。这个世界上的成功人士千千万万，成功的道路也有千万条，但要走上成功的道路，首先要培养一个良好的习惯——注重细节，从身边的每一件事做起，从点滴小事做起。有了这个良好的习惯，在那些机会前面，我们才能牢牢抓住它。

从茶碗中发现的秘密

　　一天，瑞利家里来了几位客人。瑞利的母亲沏好茶后，将小茶碗放在小碟子上，端到客人面前。年轻的瑞利发现，母亲每次端茶时，一开始茶碗在碟子里很容易滑动，可等到洒一点热茶在碟子里后，茶碗却像粘在碟子上一样，一动不动了。

　　这一现象引起了瑞利强烈的好奇心，他试图搞个明白。于是，他不断地进行实验、记录、分析，最终对茶碗和碟子间的滑动做出了这样的结论：茶碗和碟子看上去光洁、干净，实际上表面总留有手指头和抹布上的油腻，油腻会使茶碗和碟子之间的摩擦系数变小，容易滑动。当洒了热茶后，油腻被溶解了，碗碟也就变得不容易滑动了。在此基础上他又指出，油对固体之间摩擦力的大小有很大影响，利用油的润滑作用，可以减小摩擦力。

　　后来人们根据瑞利的这一发现，把润滑油广泛地应用到了生产和生活中。

德国妈妈讲给孩子的话

　　茶碗在碟子里滑动，可以说是司空见惯的现象，可瑞利却没有忽视这一司空见惯的小细节。透过事物的表象，瑞利努力探索事物的本质，最终发现了润滑油的作用。机会总是隐藏在细节之中。

从"熊猫眼"中看到的商机

2010年11月24日，年届八旬的F1掌门人——国际汽联副主席埃克莱斯顿下班后，走在位于伦敦的办公室附近的大街上。大街上车水马龙，流光溢彩。埃克莱斯顿脸上露出淡定的神色，边欣赏着街上美丽的景致，边向家走去。

一切都毫无征兆。突然，他遭到了四名歹徒袭击。这四名歹徒看来是有备而来的，他们二话不说，对着埃克莱斯顿就是一顿猛烈的拳打脚踢。立刻，埃克莱斯顿痛苦地用手捂住眼，蹲在了地上。一个年届八旬的老人，哪里经得起这四个壮汉的拳打脚踢。他瘫倒在地，只能痛苦地呻吟。

四个歹徒见埃克莱斯顿已被打倒，迅速地对他进行搜身。他们将埃克莱斯顿口袋里的钱包和手腕上那只名贵的瑞士名表抢到后，迅速逃离了现场，消失在茫茫夜色之中。

埃克莱斯顿被人送到医院抢救。医生看到，埃克莱斯顿右眼乌青，几乎肿得睁不开了，左边嘴角也被打得青肿，相貌极其丑陋。医生给他拍了照片后，就开始给他治疗。他住了一个多星期的医院，才逐渐恢复了健康。

出院后，埃克莱斯顿渐渐地忘记了伤痛。但是，唯一不能使他忘记的是那只被抢走的瑞士名表。这只表对他来说，太有纪念意义了。在瑞士举办的F1国际汽车拉力大奖赛中，车王的接班人阿隆索获得了瑞士站的总冠军。为了庆祝这一伟大胜利，埃克莱斯顿特意来到瑞士名表专卖店，购买了这只十分昂贵的表，并特意在表上刻有"F1阿隆索瑞士总冠军"的字样。

现在，这只具有纪念意义的名表却被歹徒抢走。对于埃克莱斯顿来说，这种伤痛比身体上的伤痛更痛苦。那只名表总在他脑海里浮现，挥之不去，令他食不甘味。

突然，他似乎想起了什么，脸上露出一丝不易察觉的狡黠的微笑。他将自己被歹徒殴打并被抢走那块名表的情况，与生产该表的瑞士总部取得了联系，并在自己被打成"熊猫眼"那张奇丑无比的照片上，写上了这样一句话："看这些人干的好事，只是为了抢一块名表"。他将照片传真到了瑞士，要求就用这张被打的照片，为名表做广告。

该公司执行董事长拜弗尔看到埃克莱斯顿给他发来的这张照片和他想为该名表做广告的创意后，不禁脱口而出道："哇，这家伙果然有胆量！"

公司董事会研究后一致认为，埃克莱斯顿被打成"熊猫眼"的照片和埃克莱斯顿写的那句话，是一种无与伦比的广告策划思路，它推出市场后，一定会取得意想不到的商业效果。

于是，埃克莱斯顿受伤后的大头照与该名表一起印上了广告画。拜弗尔对前来采访的路透社记者说："这个名表广告同时也传递出一种谴责一切暴力行为的意味。我觉得埃克莱斯顿表达出一种英国式的幽默，创意效果非常好。"

据悉，这个名表最新一季的广告，给埃克莱斯顿带来了滚滚财源，远远超过了那只被抢的名表的价格。埃克莱斯顿笑了，笑得很舒心、很明媚。尽管那只被打成"熊猫眼"的淤青还没有完全消失，但埃克莱斯顿早已赚到盆满钵满了，心里面溢满了甜蜜和幸福。

德国妈妈讲给孩子的话

人们常说，机会无处不在，无时不有。在突然而来的横祸面前，大家看到的是不幸，是灾难，而埃克莱斯看到了一种商机。这不仅是出于灵敏和聪颖，更是对细节的关注能力。那些习惯考虑细节、注重细节的人，不仅认真对待工作，将小事做细，而且注重在细节中寻找机会，从而做出别人难以企及的成绩。

笼子的高度

一天，动物园管理员发现长颈鹿从笼子里跑出来了。经过开会讨论，大家一致认为是笼子的高度过低。所以，他们决定将笼子的高度由原来的十米加高到二十米。结果，第二天管理员们发现长颈鹿还是会跑到外面来，所以他们又决定再将高度加高到三十米。

没想到，管理员们隔天居然又看到长颈鹿全跑到了外面，于是他们大为紧张，决定一不做二不休，将笼子的高度加高到一百米。

一天，两只长颈鹿们在闲聊，其中一只长颈鹿说："你们看，这些人会不会再继续加高笼子？"一只长颈鹿问。

"很难说，"另一只长颈鹿说："如果他们再继续忘记关门的话！"

德国妈妈讲给孩子的话

很多人在出现问题的时候，往往不去仔细考虑实际情况，而是根据经验匆匆制定对策。这些很少注意细节的人往往不能发现问题真正的根源，当然也没办法顺利解决问题。

东方饭店的成功秘诀

泰国曼谷东方饭店是举世公认的世界最佳酒店，曾连续十年被纽约《机构投资者》杂志评为"世界最佳酒店""最佳商务酒店""最佳个人旅馆"等。此饭店几乎天天客满，不提前一个月预定是很难有入住机会的，而且客人大都来自西方发达国家。泰国在亚洲算不上特别发达，但为什么会有如此诱人的宾馆呢？

他们靠的是追求完美细节的精神。比如：

当你入住登记后，侍者会端着一杯果汁到房间给你解渴；

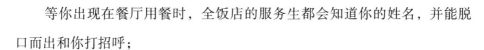

等你出现在餐厅用餐时，全饭店的服务生都会知道你的姓名，并能脱口而出和你打招呼；

如果你是回头客，餐厅电脑会记录你上次用餐的餐桌位置和你的菜单，以便给你提供熟悉的服务；

如果你对点的菜有任何异议，服务生会后退一步和你说话，为的是不使口水溅到你的菜里；

结账离开时，服务生会说："谢谢您，欢迎您再次光临。"他们还会提醒你，"机场税500泰铢是否要先准备呢？"

如果你怕一些朋友找不到你，可以向旅馆索要一张"追踪卡"，它可以告知你在旅馆的行踪，你只要将它交给总台就行了。

······

迄今为止，全世界有二十多万人曾经入住过东方饭店。用东方饭店的话说，只要每天有十分之一的老顾客光顾，他们的酒店就会永远客满。

这就是东方饭店的成功秘诀。

德国妈妈讲给孩子的话

这就是注重细节所带来的收获。作为一名消费者，我们希望得到的是细致、周到、热情的服务，而东方饭店做到了这些，他们关注每一个顾客的需要。对细节如此关注的企业，怎么会不成功呢？

 # 鲁德与格勒斯

鲁德和格勒斯都是年轻人，两个人在同一家公司上班，而且工作都很努力。然而，格勒斯上班不久就得到了总经理的赏识，一次次被提升，从一般职员做到总经理助理。而鲁德好像被人遗忘了一样，几年过去了，他依然只是一名普通职员。

有一天，鲁德终于忍不住了，他向总经理提出辞职，并有些气愤地说："总经理太不公平，太没有眼光了，埋头苦干的人没有提拔，热衷于吹牛拍马的人倒受欢迎。"总经理默默地听鲁德说完，他知道鲁德工作勤恳、任劳任怨，但他身上缺少某种东西，如果直接对鲁德说，他肯定不服。

总经理想出一个办法，说："好吧，鲁德，或许我真的没有眼光，不过我要证实一下。你现在马上去本市最大的超市，看看今天有哪些特价商品。"

鲁德很快从超市回来了，并说："超市有特价啤酒出售。"

"特价啤酒多少钱一瓶？"总经理问。

鲁德又折回超市，回来说："每瓶0.5元。"

"是什么牌子的啤酒？"总经理又问，鲁德又要跑回超市，却被总经理叫住了。"鲁德，请休息一会儿，看看格勒斯是怎样做的。"

总经理派人叫来了格勒斯，对他说："格勒斯，你马上到本市最大的超市去，看看今天有哪些特价商品。"

不一会儿，格勒斯回来了，他向总经理汇报："超市正在出售一种叫'威曼牌'的特价啤酒，每瓶只卖0.5元，共有500箱，但每人限购5瓶。"他还带回了一瓶给总经理品尝。另外，他还告诉总经理："今天下午超市还出售特价花生油。"

鲁德一直站在一旁看着，他的脸渐渐红了，他请求总经理把辞呈退还给他，现在，他终于知道自己和格勒斯之间的距离了。

德国妈妈讲给孩子的话

这个世界是公平的，但是每一个人做事的结果却总是不一样。原因就是每个人都有不一样的处事态度和方法。一件小事，能看出一个人的做事方法。不管是多么微小的事情，只有抱着认真的态度去做，专心致志地去完成，才能取得最好的结果。

推销员汉克森

汉克森是个有名的推销员，他热爱的工作是汽车销售。他认为，卖汽车，人品重于商品。一个成功的汽车销售商，肯定有一颗尊重普通人的爱心。多为别人着想，也是为自己着想。

有一天，一位夫人从对面的奔驰汽车销售商行走进了汉克森的汽车展厅。她说自己很想买一辆白色的奔驰车，就像她表姐开的那辆，但是奔驰车行的经销商让她过一个小时之后再去，所以她先过来这儿瞧一瞧。

"夫人，欢迎您来看我的车。"汉克森微笑着说。

夫人兴奋地告诉他："今天是我55岁的生日，我想买一辆白色的奔驰车送给自己。"

"夫人，祝您生日快乐！"汉克森热情地祝贺道。随后，他轻声地向身边的助手交待了几句。

汉克森领着夫人从一辆辆新车面前慢慢走过，边看边介绍。在来到一辆雪佛兰车前时，他说："夫人，您对白色情有独钟，瞧这辆双门式轿车，也是白色的。反正您也没事，我给您介绍介绍，让您多了解一下车子。"

就在这时，助手走了进来，把一盒精美的巧克力交给汉克森。汉克森把这盒漂亮的巧克力送给夫人，并再次对她的生日表示祝贺。

那位夫人被感动得热泪盈眶，非常激动地说："先生，太感谢您了，已经很久没有人给我送过礼物了。刚才那位奔驰车的推销商看到我开着一辆旧车，一定以为我买不起新车，所以在我提出要看一看车时，他就推辞说需要出去收一笔钱，我只好上您这儿来等他。现在想一想，也不一定非要买奔驰车不可。"

后来，这位妇女就在汉克森那儿买了一辆白色的雪佛兰轿车。

德国妈妈讲给孩子的话

假如你是推销员，对方很明确地告诉你"我不打算买你的东西"，这时候，你会怎么做？你知道即使你服务了他，也未必能有收获，于是很多人会选择放弃这样的顾客。然而，故事中的小伙子并没有这样做，他一方面认真为顾客介绍车子，一方面又细心为她准备了生日礼物。准备礼物看起来是很微小的事情，却透露出了汉克森的细心，最终他意外地卖出去了一辆车。

招　聘

某公司招聘临时职员，工作任务是为这家公司采购物品。招聘者经过一番测试后，留下了一个年轻人和另外两名优胜者。面试的最后一道题目为：假定公司派你到某工厂采购2000支铅笔，你需要从公司带去多少钱？

一名应聘者的答案是120美元。人事主管问他是怎么计算的。他说："采购2000支铅笔可能要100美元，其他杂用就算20美元吧。"人事主管未置可否。

第二名应聘者的答案是110美元。对此，他解释道："2000支铅笔需要100美元左右，其它杂用可能需用10美元左右。"主管同样没表态。

最后轮到这位年轻人。他的答卷写的是113.86美元。这位年轻人说："铅笔每支5美分，2000支是100美元。从公司到这个工厂，乘汽车来回票价4.8美元；午餐费2美元，从工厂到汽车站为半英里，请搬运工人需用1.5美元，还有……因此，总费用为113.86美元。"

人事主管听完，会心一笑。这名年轻人自然被录用了。

德国妈妈讲给孩子的话

假如你来回答这个问题，你会怎么回答呢？你是认真计算之后给出准确数据，还是大致估算一下，给出一个约数？显然，前者效果更好。虽然准确的数据与约数相差不大，但是它能够说明你的专注和认真，这就是人事主管录用这位年轻人的原因了。

发现青霉素

1928年的一天，弗莱明正在他的一间简陋的实验室里研究导致人体发热的葡萄球菌，由于盖子没有盖好，他发现培养细菌用的琼脂上附了一层青霉菌。这是从楼上的一位研究青霉菌的学者的窗口飘落进来的。让弗莱明感到惊讶的是，在青霉菌的近旁，葡萄球菌忽然不见了。这个偶然的发现引起了弗莱明的关注，于是他设法培养这种霉菌，进行多次试验。最后，他证明青霉素可以在几小时内将葡萄球菌全部杀死。弗莱明据此发现了葡萄球菌的克星——青霉素。

1929年，弗莱明发表了学术论文，公布了他的这一重大发现，但当时在学界并未引起重视，而且青霉素的提纯问题也没有得到解决。

1935年，英国牛津大学生物化学家钱恩和物理学家弗罗里对弗莱明的发现大感兴趣。钱恩负责青霉菌的培养以及青霉素的分离、提纯和强化，使其抗菌力提高了几千倍；弗罗里负责对动物观察试验。至此，青霉素的功效得到了证明。

青霉素的发现和大量生产拯救了千百万肺炎、脑膜炎、脓肿、败血症等患者的生命。为了表彰这一造福人类的贡献，弗莱明、钱恩、弗罗里于1945年共同获得诺贝尔医学奖。

德国妈妈讲给孩子的话

弗莱明细心地发现了青霉菌能杀死葡萄球菌的事实，同时发现了青霉素；钱恩和弗罗里则对青霉素进行分离、提纯和强化，并对动物进行试验，于是青霉素才有应用于临床的可能。青霉素发挥了特别大的作用，挽救了许多人的生命。我们试想，如果当初弗莱明要是没有注意到琼脂上的青霉菌，那么也就不会有青霉素这一重大发现了。因此，关注小事是多么重要啊！

迟到的青年

一位青年刚从餐饮学校毕业，通过朋友介绍，到一家高级餐厅应征厨师的工作。主厨和这位青年约定在星期三的早上九点到餐厅来进行面谈。

到了星期三早上，这位青年睡过了头，九点一刻才到餐厅，但是主厨却忙着指挥厨房，没有空接见他了。

过了几天，这位青年再去求见主厨，请他再给一次机会，主厨问起他之前失约的原因，青年理直气壮地回答说："我并没有失约啊！只是迟到了一会儿，等我来的时候，你已经在忙其他的事了。"

"我记得我和你约定的时间是九点。"主厨提醒他。

青年自知理亏，支支吾吾地说："我只不过迟到一刻钟而已，应该也没什么大不了吧！"

主厨看见青年强词夺理，丝毫没有悔意，于是严厉地说："迟到一刻钟和迟到一小时并没有什么差别，因为迟到就是迟到。这不只是浪费了我的时间，也会让别人看轻你的人格。做菜的时候，如果多烧一分钟，菜就会烧焦。做人也是同样的道理，因为你不能准时，我们餐厅也已经在同一天应征了另一个厨师，你因为迟到一刻钟而失去了一份你想要的工作，应该也没什么大不了吧？"

德国妈妈讲给孩子的话

对这位年轻人来说，一刻钟也许不算什么。但是从这短短的一刻钟里，我们可以看出他是一个不守时的人；而他的狡辩，又说明他是一个喜欢找借口的人。小事往往容易被人忽略，但一个不经意的细节，则能看出一个人的修养。

机会总是留给有准备的人

有一个猎人要到森林去打猎，他带上了猎枪、弹药和袋子，还带上了忠实的朋友——猎狗。

作为猎人的他，枪桶里不装上火药却去打猎。有人劝他在家里就把弹药装好，他却还是带着空枪就走，还不以为然地说："不需要！我非常熟悉这条道，路上连只麻雀也看不到。到达目的地还早着呢，至少要整整一个小时，一百次弹药在路上都可以装上了。"

谁知道，命运之神好像在故意捉弄他。他刚刚离开出发地，就看见一群野鸭在湖面上嬉戏。如果事先装好弹药，这些野味足够他吃上一星期，然而此刻，他只好赶紧装弹药。野鸭已经有了警惕，还没有等他把弹药装好，它们就振翅起飞，好像在故意嘲笑猎人一样。它们高高地在上空排成一列，转眼就不见踪影了。

野鸭没了，猎人不得不在森林里继续转悠，但是连一只喜鹊都没碰见，不幸的是，天空突然又下起了大雨，猎人全身都被淋湿，他只能空着双手回到家里。可是，猎人还是在不停地埋怨自己运气不好，而没有意识到自己的失误。

德国妈妈讲给孩子的话

真的是猎人的运气不好吗？野鸭在他的眼前，他却没有抓住机会，这是他自己的失误。作为一个猎人，拿着一把没有子弹的枪，就像士兵上战场不带枪一样愚蠢。人们常说，机遇总是垂青有准备的人。所以，不管做什么事，你都要做一个合理的计划，把该准备的事情都做好，因为那些微不足道的小事，往往会影响你的成功。

出色的推销员

一位乡下小伙子去应聘城里一家大百货公司的销售员。老板问他："你以前做过销售员吗？"

他回答说："我以前是村里挨家挨户推销的小贩。"

老板喜欢他的机灵，就对他说："你明天可以来上班了。一周以后，我会来看你。"

一周过后，老板真的来了，就问

他："你这一周做了几单买卖？"

"一单。"年轻人回答说。

"只有一单？"老板很吃惊地说，"我们这儿的售货员一天基本上可以完成20~30单生意呢！这单生意你卖到多少钱？"老板有些生气了。

"30万美元。"年轻人回答道。

"你怎么卖到那么多钱的？"目瞪口呆、半晌才回过神来的老板问道。

"是这样的，"年轻人说，"一位男士进来买东西，我先卖给他一个小号的鱼钩，然后是中号的鱼钩和大号的鱼钩。接着，我卖给他小号的鱼线和中号的鱼线，最后是大号的鱼线。我问他上哪儿钓鱼，他回答说去海边。所以，我建议他买条船。我带他到卖船的专柜，卖给他长20英尺的有两个发动机的帆船。他又说，他现在的汽车可能拖不动这么大的船。于是，我又带他去汽车销售区，卖给他一辆新款豪华型'巡洋舰汽车'。"

老板难以置信地问道："一个顾客仅仅来买个鱼钩，你就能卖给他这么多东西？"

"不是的，"年轻人回答道，"他的妻子周末要出远门，他是来给妻子买旅行箱的。我就告诉他：'你的周末算是空闲了，干吗不去钓鱼呢？'"

德国妈妈讲给孩子的话

故事中的推销员不放过任何一个细节，通过对客户进行引导，最后出色地完成了销售任务。孩子，你是否想拥有这名推销员一样的本领？那么你就要重视小事，小事情也会有大影响。

第 **5** 章

努力坚持，
成功就会向你招手

　　微不足道的沙砾要经历痛苦才能变成价值连城的珍珠，靠的是坚持；展翅飞翔的雄鹰要经过多次的尝试才能在空中自由翱翔，靠的是坚持；气质高洁的梅花要经过冷风的磨砺才能在寒冬独自开放，靠的也是坚持；平庸无闻的人要经历种种磨难才能成为一个成功、举世闻名的人，靠的又何尝不是坚持？要想成功，必须坚持！

一夜解开千年数学难题

1796年的一天，在德国哥廷根大学，一个很有数学天赋的19岁青年吃完晚饭，开始做导师单独布置给他的三道数学题。

前两道题在两个小时内他就顺利完成了。第三道题的问题写在另一张小纸条上——要求只用圆规和一把没有刻度的直尺，画出一个正十七边形。

青年感到非常吃力。时间一分一秒地过去了，第三道题还是毫无进展。他发现，自己学过的所有数学知识似乎对解开这道题没有任何帮助。

困难反而激起了他的斗志："我一定要把它做出来！"他拿起圆规和直尺，一边思索一边在纸上画着，尝试用一种超常规的思路去寻求答案。

当窗口露出曙光时，青年长舒了一口气，他终于完成了这道难题。见到导师时，青年有些内疚和自责。他对导师说："您给我布置的第三道题，我做了整整一个通宵，我辜负了您对我的栽培……"

导师接过学生的作业一看，当即惊呆了。他用颤抖的声音对青年说："这是你自己做出来的吗？"青年有些疑惑地看着导师，回答道："是我做的，但是我花了整整一个通宵。"

导师请他坐下，取出圆规和直尺，在书桌上铺开纸，让他当着他的面再做一遍。青年很快就画出了一个正十七边形。导师激动地对他说："你知不知道，你解开了一桩有两千多年历史的数学悬案！阿基米德没有解决，牛顿也没有解决，你竟然一个晚上就解出来了。你是个真正的天才！"

原来，导师也一直想解开这道难题。那天，他是因为失误，才将写有这道题目的纸条交给了学生。

每当这个青年回忆起这一幕时，总是说："如果有人告诉我，这是一道有两千年历史的数学难题，我可能永远也没有信心将它解出来。"

这个青年就是德国著名的数学王子高斯。

德国妈妈讲给孩子的话

有些事情，在不清楚它到底有多难时，不要害怕，只要我们能够积极地想办法去解决它，让自己全神贯注地去行动、去思考，我们就有可能彻底战胜它。在生活和学习中，我们会遇到很多困难，当我们认真、努力地去克服时，我们就会变得强大起来。但如果我们总是想着困难有多强大，不能付出自己的全部力量，我们就会成为困难的"手下败将"。

一个巴掌也可以拍响

她从小就"与众不同"，因为患了小儿麻痹症，不要说像其他孩子那样欢快地跳跃奔跑，就连平常走路她都做不到。寸步难行的她感到非常悲观和忧郁，当医生教她做运动，并说这可能对她恢复健康有益时，她就像没有听到一般。随着年龄的增长，她的忧郁和自卑感越来越重，她甚至拒绝所有人靠近。但也有个例外，邻居家那个只有一只胳膊的老人却成为她的好伙伴。老人是在一场战争中失去一只胳膊的，老人非常乐观，她非常喜欢听老人讲故事。

这天，她被老人用轮椅推着去附近的一所幼儿园，操场上孩子们动听的歌声吸引了他们。当一首歌唱完，老人说道："我们为他们鼓掌吧！"她吃惊地看着老人，问道："我的胳膊动不了，你只有一只胳膊，怎么鼓掌啊？"老人对她笑了笑，解开衬衣扣子，露出胸膛，用手掌拍起了胸膛……

那是一个初春，风中还有几分寒意，但她却突然感觉自己的身体里涌动起一股暖流。老人对她笑了笑，说："只要努力，一个巴掌一样可以拍响。你一样能站起来！"

那天晚上，她让父亲写了一张纸条，贴到了墙上，上面是这样的一行字——一个巴掌也能拍响。从那之后，她开始配合医生做运动。无论多么艰难和痛苦，她都咬牙坚持着。有一点儿进步了，她又追求更大的进步。甚至在父母不在时，她自己扔开支架，试着走路。她坚持着，她相信自己能够像其他孩子一样可以行走、奔跑。她要行走，她要奔跑……

在11岁时，她终于扔掉支架，可以独立行走了。她又向另一个更高的目标努力着，开始练习打篮球，并参加田径运动。

在1960年罗马奥运会女子100米跑决赛中，当她以11秒18的成绩第一个撞线后，掌声雷动，人们都站起来为她喝彩，齐声欢呼着这个美国黑人的名字——威尔玛·鲁道夫。

那一届奥运会上，威尔玛·鲁道夫成为当时世界上跑得最快的女人，她共摘取了三枚金牌，同时，她也获得了第一个黑人奥运女子百米冠军。

德国妈妈讲给孩子的话

风雨的洗礼，历炼出了无数的强者。哪怕只剩下一只胳膊，那位老人也可以鼓掌；哪怕患了小儿麻痹，威尔玛·鲁道夫也可以拿百米冠军。对于四肢健全的我们来说，还有什么理由在面对困难的时候选择退缩呢？相信自己，坚定自己的信念，你的表现会更加出色。

霍夫曼的戏剧演员梦

1958年，年轻的霍夫曼决定离开家，去纽约独闯天下。到了纽约之后，霍夫曼几经挫折，终于被一家有影响力的戏剧学院录取。课余时间，他打过各种短工。一开始，他到一家精神病院当护理员，经常被吓得六神无主。大约一个月后，他离开精神病院，去当打字员和售货员，后来又找到一家剧院做检票工作。再后来，他还干过舞厅看门、编织夏威夷花环及跑堂等几种临时性工作。这以后，他又去纽约一家儿童俱乐部教授过表演艺术课程。

霍夫曼在事业上的转折，是他加入波士顿戏剧公司并成为一名戏剧演员。刚进公司时，他在9个月里演了10部戏。评论家们说，他最出色的表演是在《等待戈多》中扮演的司机波佐。该剧公演结束后，霍夫曼接到了百老汇一些演出商的邀请。导演格罗斯巴德有意让他担任《桥上眺望》的助理导演。1965年12月11日，《桥上眺望》剧组结束了连续780场成功的演出。然而，霍夫曼并没有因此沾沾自喜，而是赶去百老汇参加试演，争取在《哈里，中午与黑夜》中得到角色。霍夫曼入选以后，为了能使自己更好地把握饰演的角色，他干脆闭门谢客，躲了起来。有一天，他又不知去向，连导演也不知他躲在哪里，可第二天当他回到舞台参加排练时，他却对自己的角色十分熟悉，而且演得有板有眼。之后，经常有制片商邀请他在百老汇担任重要角色。

但是，命运捉弄了霍夫曼，当他在一天晚上准备晚餐时，装乳酪的锅突然爆裂，他的手被烧成三度灼伤。事后，他既没有去医院，也没有去找医生包扎，唯恐为此而失去剧中的角色。然而，他的双手烧伤程度远比他自己想象中严重得多，以致他不得不就医一个月。经过一个月的治疗，霍夫曼康复出院，他的角色已被别人抢去，这使他非常伤心。之后，霍夫曼为了能重返剧坛，每个星期都会参加挑选演员的小品表演。

大约一个月后，他又交上了好运，被选入另一家剧组。然而，到了排练的第六天，导演关照他回去休息一两天或更长时间，言下之意，他不用再回来排练了。导演明显地对他的表演和一些怪癖不满。这一类意想不到的挫折对霍夫曼来说已屡见不鲜，他已习惯在争议中激流勇进。

之后，由于在《第五匹马的旅程》中演出成功，霍夫曼开始奠定了他在舞台剧中的地位。该剧演出结束后，他又在英国喜剧《哦》中成功地扮演了一个反叛角色，这是他生平第一次担任主角。霍夫曼成名后，《毕业生》《午夜牛郎》《伦尼》等影片为他赢得了巨大的声誉，其中《毕业生》甚至还获得了五项金球奖。但是，霍夫曼却在三次奥斯卡评奖中落选了，这使他很受打击。

霍夫曼没有沉沦，他觉得自己在表演上仍有巨大的潜力。经过不懈努力，1980年4月14日，霍夫曼一举夺得美国第52届奥斯卡金像奖，成为美国电影史上一颗璀璨的明星。

德国妈妈讲给孩子的话

霍夫曼是一个非常努力的人，他执着地追逐梦想，历经千辛万苦，以百折不挠的精神气魄，成为美国电影史上一颗璀璨的明星。这个世界上有太多美好。那些美好的瞬间，总能给我们惊心动魄的震撼。

不管我们在生活中面临多么糟糕的境遇，只要我们有十足的信心和坚定的毅力，所有的辛苦努力都不会白费，我们总会有登上枝头高歌的那一天。

做一个等待的玉米

一个老婆婆在屋子后面种了一大片玉米。一个颗粒饱满的玉米想："收获那天，老婆婆肯定先摘我，因为我是今年长得最好的玉米！"可是收获那天，老婆婆并没有把它摘走。

"明天，明天她一定会把我摘走！"很棒的玉米自我安慰着。

第二天，老婆婆又收走了其他一些玉米，唯独没有摘这个玉米。

"明天，老婆婆一定会把我摘走！"玉米仍然自我安慰着。

可是，从此以后，老婆婆再也没有来过。

直到有一天，玉米绝望了，原本饱满的颗粒变得干瘪坚硬。

可就在这时，老婆婆来了，一边摘下它，一边说："这可是今年最好的玉米，用它做种子，明年肯定能长出更棒的玉米！"

德国妈妈讲给孩子的话

孩子，也许你一直都很相信自己，但你是否有耐心在绝望的时候再等一下？这再等的"一下"，可能不是短短的一段时间，而是几天，几月，甚至几年，你有这样的耐性和坚韧吗？希望你有一种心境、一种态度，一种在绝望时候换一个心情看世界的豁达与勇气。

最难的事是坚持

开学第一天，古希腊大哲学家苏格拉底对学生们说："今天我们只学一件最简单也是最容易做的事儿。每人把胳膊尽量往前甩，然后再尽量往后甩。"说着，苏格拉底示范做了一遍："从今天开始，每天做300下，大家能做到吗？"

学生们都笑了，心想，这么简单的事，有什么做不到的？过了一个月，苏格拉底问学生们："每天甩300下，哪些同学坚持了？"有90%的同学骄傲地举起了手。又过了一个月，苏格拉底再问，这时坚持下来的学生只剩八成。

一年过后，苏格拉底再次问大家："请告诉我，最简单的甩手运动，还有哪几位坚持了？"整个教室仅一人举起了手。这个学生就是日后成名的古希腊另一位大哲学家柏拉图。

德国妈妈讲给孩子的话

一件事做一次也许比较容易，但长期坚持却并不轻松。能坚持下去的人，一定是一个有恒心的人。常言道"只有功夫深，铁棒磨成针"，说的就是做事要能坚持，要有恒心。柏拉图因为做事有恒心，最后成了古希腊的大哲学家。

自学成才的齐奥尔科夫斯基

苏联火箭之父齐奥尔科夫斯基童年时染上了猩红热，持续几天的高烧引起了严重的并发症，使他几乎完全丧失了听觉。他默默地承受着其他孩子的讥笑和无法继续上学的痛苦。他的父亲是个守林员，整天到处奔走。因此，教他读书写字的担子就落到妈妈的身上。通过妈妈耐心细致的讲解和循循善诱的辅导，他进步很快。

可是当他正在充满信心地学习时，母亲却患病去世了，这突如其来的打击使他陷入了极大的痛苦。他不明白，于是问父亲："生活的道路为什么这么难？为什么这么多的不幸都落到了我的头上？我今后该怎么办？"父亲抚摸着他的头说："孩子，你要有志气，靠自己的努力走下去。"是啊，学校不收，别人嘲弄，今后只有靠自己了！

年幼的齐奥尔科夫斯基从此开始了真正的自学道路。他从小学课本、中学课本一直读到大学课本，自学了物理、化学、微积分、解析几何等课程。就这样，一个耳聋的人，一个没有受过任何教授指导的人，一个从未进过中学和高等学府的人，经过勤奋自学、刻苦钻研，终于成了一个学识渊博的科学家，为火箭技术和星际航行奠定了理论基础。

德国妈妈讲给孩子的话

德国历史上有名的铁血宰相俾斯麦曾经说过："坚强者能在命运风暴中奋斗，失败是对坚韧的最后考验。"今天能够坚持不懈的人，明天定会有所收获。只要你下定决心，坚持走下去，你永远都有希望。

离成功只有一百米

很多年前，有一位游泳选手吉姆特，他发誓要成为世界上第一位横渡英吉利海峡的人。为了实现这个目标，吉姆特不断地练习，不断地为这历史性的一刻做准备。

这一天终于来临了。吉姆特充满自信地昂首阔步，在众多媒体记者的注视下，满怀信心地跃入大海中，朝对岸英国的方向游去。

刚开始时，天气非常好，吉姆特很愉快地向目标挺进。然而，随着越来越接近英国对岸，海上起了浓雾，而且雾越来越浓，几乎已到了伸手不见五指的程度。吉姆特处在茫茫大海中，完全失去了方向感，他不知道到底还要多久才能上岸。吉姆特越游越心虚，越来越吃力，最后他决定放弃。

当救生艇将吉姆特救起时，他发现其实只剩一百多米他就到岸了。他说："如果我知道只有一百米，一定会坚持的，可是我真的看不到。"众人都为吉姆特深感惋惜。

德国妈妈讲给孩子的话

假如吉姆特知道只剩下一百米的话，他一定可以坚持下去的，

这说明他的实力是足以支撑到最后的。可是，为什么他在没有付出全部努力的时候就放弃了呢？因为他看不到目标，看不到希望。

"蝴蝶总理"克雷蒂安

几十年前，加拿大有一个小男孩，由于生病，他的左脸局部麻痹，嘴角畸形，每当讲话时，他的嘴巴总是歪向一边。更糟糕的是，他还有口吃的毛病，有一只耳朵什么都听不见。可以说，生命中所有的不幸都降临在这个可怜的小男孩身上了。但是，这个小男孩并没有因为自己有如此多的不幸而自暴自弃；相反，他总是尽一切努力去克服自己的缺陷。

为了矫正自己的口吃，他模仿古罗马一位有名的演说家，每天在嘴里含一块小石子讲话、朗诵。几天下来，孩子的舌头和腮部就被石子给磨破了。看着孩子的嘴巴和舌头被石子磨得鲜血直流，母亲心疼地抱着他流着眼泪说："不要练了，我的孩子，妈妈一辈子都陪着你。"

懂事的小男孩替妈妈擦掉眼泪说："妈妈，书上说，每一只漂亮的蝴蝶，都是自己冲破束缚它的茧之后才变成的。我一定要做一只美丽的蝴蝶。"

经过男孩不懈的努力，他终于能流利地讲话了。因为他的勤奋和善良，中学毕业时，他不仅取得了优异成绩，还获得了良好的人缘。同学和老师都很喜欢他，从不拿他的相貌开玩笑。

1993年10月，他参加了全国总理大选。他的对手居心叵测地利用电视广告夸张地描述他的脸部缺陷，然后写上这样的广告词："你要这样的人来当总理吗？"

但是这种行为不仅没有取得预期的效果，相反，这种极不道德的、带有人格侮辱的攻击还招致了大部分选民的愤怒和谴责。各大媒体闻风而动，立刻将这个男孩不平凡的成长经历挖掘并宣扬了出来，他赢得了选民们极大的同情和尊敬，得票率一路飙升。

"我要带领国家和人民成为美丽的蝴蝶！"这一竞选口号使他获得了广大民众的支持，以高票当选为总理，人们亲切地称呼他为"蝴蝶总理"。他就是加拿大第一位连任两届总理的克雷蒂安。

> **德国妈妈讲给孩子的话**
>
> 好钢铁经过锤打，才会发出强烈的火花。无论外界的环境如何艰险，保持坚韧的品格，你就有可能成就一番事业。一个人即使一无所有，但只要他永不言弃、心怀希望，就可能实现心中所愿。

忍耐就是成功的法宝

日本矿山大王古河曾说过这样一句话："忍耐就是成功的法宝。"他认为，只有学会用理智克制自己的情感，在需要的时候采取忍让的态度，才能办成大事。

他小时候曾受雇于高利贷者，当过一段时间的收款员。一天晚上，他去客户那里收款。对方根本就不想还款，对他的态度非常冷漠，让他干坐在那里，自己熄了灯上床睡觉。他见对方根本没有理自己的意思，就在那里一直坐到天亮。

第二天早上，对方起床后看见他仍然坐在自己家里，一夜未睡，很是惊讶。而且，他也没有一点儿生气的意思，依然面带微笑。对方大为感动，态度立即变得谦和起来，将欠款一分不差地交到他手中。他这种能够忍住一时之气的性格得到了老板的认可。

后来，他又凑钱买下了一座铜矿。许多人纷纷嘲笑他："这个古河，肯定是疯了。这个时候买矿，不赔得倾家荡产才怪。"然而，他从来不介意别人怎么说，依然拼命地带人挖矿。

就这样，两年过去了，资金一天天减少，却连铜的影子都没见着。许多手下的人开始抱怨，有些人还公开指责他。可是，他咬着牙，坚持了下来。到第四个年头，他终于挖出了铜，事情从此有了转机。

正是凭着这种忍耐的个性，古河成为日本赫赫有名的矿山大王。

他说："大家都在问我成功的秘诀是什么，其实只有一句话，那就是能够忍住一时之气，苦撑到底。"

德国妈妈讲给孩子的话

阿拉伯有句谚语，"为了玫瑰，也要给刺浇水"，没有任何成功能够轻而易举地实现。在这个竞争激烈的时代，想要有所成就，让自己的人生开出美丽的鲜花，就必须忍受那些扎在心头的芒刺。

长跑冠军鲁瓦格尼

鲁瓦格尼是尼日利亚的一名妇女，她全家人都住在山区。她的丈夫是个老实巴交的庄稼汉，除了种地，一无所长。三年前，鲁瓦格尼还一筹莫展，为无法供四个孩子上学而暗自伤心。丈夫抽着闷烟安慰她："谁叫孩子生在咱穷人家呢？"如果孩子们不上学，他们只能继续穷人的命运。难道只能在困难面前无能为力？她不甘心。

当地盛行长跑运动，名将辈出，若是取得好名次，会有一笔不菲的奖金。鲁瓦格尼还是少女时，曾被教练相中，但因种种原因放弃了长跑。此刻，她脑中灵光一闪：不如去练习马拉松！

马拉松是一项极限运动，坚强的意志和优秀的身体素质缺一不可。鲁瓦格尼年近三旬，没有足够的营养供给，从未受过专业基础训练，凭什么取胜？冷静之后，她也胆怯过，可是除此之外别无他途。如果连做梦的勇气都没有，就永无改变的可能。

丈夫最后也同意了鲁瓦格尼大胆的想法。第二天凌晨，天还黑着，鲁瓦格尼就跑上了崎岖的山路。只跑了几百米，她的双腿就像灌了铅一般。她停下来喘口气，接着再跑。与其说是用腿在跑，不如说是用意志在跑。跑了几天，脚上磨出无数的血泡。她也想打退堂鼓，可回家一看到嚷着要读书的孩子，她又为自己的懦弱感到羞愧。"不能退缩！"她告诉自己，这是唯一的希望！

训练强度逐渐增加，但鲁瓦格尼的营养远远跟不上。有一天，日上竿头，她仍然没有回家。丈夫担心出事，赶紧出门寻找，终于在山路上发现了昏倒在地的妻子。他把妻子背回家里，孩子们全部围了上来，大儿子哭着说："妈妈，不要再跑了，我不上学了！"她握着儿子的小手，泪水像断线的珠子一样涌出。次日一早，她又独自一人，跑在了寂静的山路上。

经过近一年的艰苦训练，鲁瓦格尼第一次参加国内马拉松比赛，获得了第七名的好成绩，开始崭露头角。有位教练被她的执着深深感动，自愿给她指导，她的成绩突飞猛进。

终于，鲁瓦格尼迎来了国际马拉松比赛。为了筹集路费，丈夫把家里仅有的几头牲口都卖了，这可是家里的全部财富。发令枪响后，鲁瓦格尼一马当先跑在队伍前列，这是异常危险的举动，时间一长可能会体力不支，甚至无法完成比赛。然而，为了孩子，为了家庭，她豁出去了。

或许上天也被鲁瓦格尼的真诚所感动，她一路跑来，有如神助，第一个跃过终点线。那一刻，她忘了向观众致敬，趴在赛道上泪流满面，疯狂地亲吻着大地。看着突然冒出的黑马，解说员不知所措，手忙脚乱，忙活了好半天才找齐她的资料。

在颁奖仪式上，有体育记者问她："您是个业余选手，而且年龄处于绝对劣势，我们都想知道，究竟是什么力量让您战胜众多职业选手，夺得冠军的？"

"因为我非常渴望那8000英镑的奖金！"此言一出，场下一片哗然。她的话太不合时宜，有悖于体育精神。鲁瓦格尼抹去泪水，哽咽着继续说道："有了这笔奖金，我的四个孩子就有钱上学了，我要让他们接受最好的教育，还要把大儿子送到寄宿学校去……"喧闹的运动场忽然寂静下来，几秒钟后，场下响起雷鸣般的掌声。

德国妈妈讲给孩子的话

为了自己心爱的孩子，一位母亲能够激发出来的潜能是无限的。鲁瓦格尼是一个伟大的母亲，为了孩子，不管有多艰难，她从来没有放弃。孩子，人的潜力是无限的，只要你足够坚持，足够努力，一切皆有可能。

三千万次的成就

一只新组装好的闹钟放在了两只旧钟当中。两只旧钟"滴答答"响着，一分一秒地走着。

其中一只旧钟对闹钟说："来吧，你也该工作了。可是我有点儿担心，你走完三千万次以后，恐怕便吃不消了。"

"天哪，三千万次。"闹钟吃惊不已，"要我做这么大的事？我办不到，我办不到。"

另一只旧钟说："别听他胡说八道。不用害怕，你只要每秒'滴答'一下就行了。"

"天下哪有这样简单的事情。"闹钟将信将疑地说，"如果是这样的话，我就试试看。"

闹钟很轻松地每秒钟"滴答"摆一下，"滴答"再摆一下，不知不觉中，一年过去了，它摆了三千万次。

德国妈妈讲给孩子的话

重复地去摇摆三千万次，听起来是一个很吓人的事情。但是，每秒钟只摆一下，就这样，好好地坚持下去，别说是三千万下，三亿下你也可以做到的。很多时候，成功就是把简单的事情重复做、坚持做。孩子，只要你有足够的毅力，坚持做好自己该做的事情，那么，你将收获累累硕果。

用2500封求职信争取到的机会

已经40来岁的乔伊遭遇公司裁员，失去了工作，从此，一家六口人的生活全靠他一人外出打零工挣钱维持，经常是吃了上顿没下顿，有时一天连一顿饱饭也吃不上。

为了找到工作，乔伊一边外出打工，一边到处求职，但所有公司都以年龄大或单位没有空缺为借口将他拒之门外。然而，乔伊并不因此而灰心，他看中了离家不远的一家建筑公司，于是，他便向公司老板寄去了第一封求职信。信中他并没有提出自己的要求，也没有吹嘘自己多么有能力，只简单地写了这样的一句话："请给我一份工作。"

这位底特律建筑公司的老板约翰收到求职信后，让手下人回信告诉乔伊，"公司没有空缺"。但乔伊仍不死心，又给公司老板约翰写了第二封求职信。这次他还是没有吹嘘自己，只是在第一封信的基础上多加了一个"请"字——"请请给我一份工作"。此后，乔伊一天给公司写两封求职信，每封信都不谈自己的具体情况，只是在信的开头比前一封信多加一个"请"字。

三年多的时间，乔伊写了2500封信，在2500个"请"字后是"给我一份工作"。见到第2500封求职信时，公司老板约翰再也沉不住气了，亲笔给他回信："请即刻来公司面试。"面试时，约翰告诉乔伊，公司里最适合他的工作是处理邮件，因为他"最有写信的耐心"。

当地电视台的一位记者获知此事后，专程登门对乔伊进行采访，问他为什么每封信都只比上一封信多增加一个"请"字。乔伊平静地回答："这很正常，因为我没有打字机，只想让他们知道这些信没有一封是复制的。"而老板约翰不无幽默地说："当你看到一封信上有2500个'请'字时，你能不被感动吗？"

德国妈妈讲给孩子的话

你会为了一份工作投去两千多封信吗？这个世界上很少有这样的人吧。不管乔伊有没有更强的能力，他这份坚持已经是特别宝贵的财富了。命运有时候会给我们一些考验，坚持就是最明智的选择。孩子，当你遇到挫折的时候，你可以告诉自己：不要放弃，不要妥协，一定要坚持下去。

再试一次，也许奇迹就会出现

1943年，美国的《黑人文摘》刚开始创刊时，前景并不被看好。它的创办人约翰逊为了扩大该杂志的发行量，准备做一些宣传。

他决定撰写一系列"假如我是黑人"的文章，请白人把自己放在黑人的位置上，严肃地看待这个问题。他想，如果能请罗斯福总统的夫人埃莉诺来写这样的一篇文章最好不过了。于是，约翰逊便给埃莉诺写了一封非常诚恳的信。

罗斯福夫人回信说她太忙，没时间写。约翰逊并没有因此而气馁，他又给罗斯福夫人写了一封信，但罗斯福夫人回信还是说她很忙。以后，每隔半个月，约翰逊就会准时给罗斯福夫人写一封信，言辞也愈加恳切。

不久，罗斯福夫人因公事来到约翰逊所在的芝加哥市，并准备在该市逗留两日。约翰逊得此消息，喜出望外，立即给罗斯福夫人发了一份电报，恳请她趁在芝加哥逗留的时间里，给《黑人文摘》写一篇文章。罗斯福夫人收到电报后，没有再拒绝。她觉得，无论多忙，她再也不能说"不"了。

这个消息一传出去，全国都知道了。直接的结果是，《黑人文摘》杂志在一个月内，发行量大幅度上升。后来，约翰逊又出版了黑人系列杂志，并开始经营书籍出版、广播电台、女性化妆品等事业，终于成为闻名全球的富豪。

德国妈妈讲给孩子的话

假如你遭遇了无数次拒绝，你还会再一次请求别人吗？别人拒绝你，可能是因为人家真的很为难，或者是因为你的诚意不足以打动他人。但是对方终究会有空闲的时候，你的坚持也会让对方深深感动。所以，不要怕拒绝，不要怕失败，再试一次，也许奇迹就出现了。

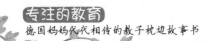

小肖邦练琴

在波兰的一个城市里，肖邦家客厅里的灯光特别明亮，好多孩子都穿着漂亮的衣服，在钢琴的伴奏下，围成一个圆圈跳舞。只有一个三岁的男孩没有跳舞，他睁着明亮的眼睛看着妈妈弹钢琴时手指的动作，这个小男孩的名字叫肖邦。他出神地看着，好像入了迷一样。晚会结束后，妈妈送走了参加晚会的孩子。在大家准备睡觉的时候，楼下突然传来了一阵清脆的琴声，妈妈觉得很奇怪，这么晚了，谁还在弹钢琴呢？

妈妈走下楼来一看，原来是小肖邦在弹琴。小肖邦穿着睡衣，坐在钢琴前面弹得可认真了!妈妈惊喜地问："小宝贝，你在弹什么呢？"小肖邦说："我在弹你弹过的曲子呢!"妈妈看到自己的儿子对钢琴这么热爱，心里高兴极了，第二天，她就请来了一位音乐家教小肖邦弹钢琴。

自从有了老师，小肖邦学钢琴更认真了。他整天坐在钢琴前面不停地弹。可是，小肖邦的岁数小，手也小，这怎么办呢？小肖邦就在自己的手指缝里夹上木塞子，好使指头间的距离拉大一点。这是很疼的，有时小肖邦晚上睡觉的时候疼得直哭，但他还是坚持了下来。

就这样，时间一年一年过去了。小肖邦勤学苦练，进步快极了。在他六岁的时候，他的钢琴已经弹得很不错了，并且还会写钢琴曲。在八岁的时候，小肖邦第一次登上剧院的大舞台演奏钢琴，成千上万的听众都被从小肖邦指尖流淌出来的优美的琴声迷住了，剧场中不时地响起热烈的掌声。第二天，波兰首都华沙到处都传颂着小肖邦的名字，大家都称赞他是神童。大家并不知道，这是小肖邦自己刻苦练习所获得的成绩。

德国妈妈讲给孩子的话

　　伟大的音乐家肖邦并不是神童，他所取得的成就都要归功于自己的努力与坚持。虽然在一生中我们会遭遇许多困难，但是我们要相信，一切努力都是值得的。

持续了16年的热情

意大利文艺复兴时期，教皇指派著名艺术家米开朗基罗为罗马圣彼得教堂的建筑师。当时的米开朗基罗年过七旬，身体衰老不堪，躺在床上难以起身。考虑到自己年事已高，他拒绝了这项工作，但是教皇却一再坚持。

米开朗基罗思量再三，最终接受了这项委托，但却提出了一个奇怪的条件——不要报酬。因为他觉得自己最多只能干几个月，如果运气足够好的话，可以干一两年。既然注定无法完成，也就不应该索取报酬了。

教皇同意了这个条件。于是，这个七十多岁的老人起了身，颤巍巍地来到教堂，徒手爬上五层楼高的支架，仰起头开始创作。

谁知，米开朗琪罗竟从此一发而不可收，越画越有干劲，体力和智力越来越好。教皇老死了，换了一个新教皇，他还在画。新教皇死了，又来了一个教皇。这个教皇又死了，他还在画，他足足画了16年。在89岁的时候，他终于完成了这项永载史册的艺术巨作。

最后一次走下支架的米开朗基罗显得容光焕发。他兴奋极了，穿上厚重的骑士铠甲，手持长矛，欢呼自己的胜利。

德国妈妈讲给孩子的话

　　米开朗基罗对艺术创作的热情和专注让他焕发出持久的工作热情，这种热情与专注，为他带来的是充沛的精力、顽强的意志和健康的身体。当你专注于自己所从事的事情，并投入满腔热情的时候，命运之神就会格外眷顾你，甚至连死神也会为你让步。

打击乐独奏家格兰妮

　　世界第一名女性打击乐独奏家格兰妮来自英国剑桥郡，她曾经这样说过："从一开始我就决定，一定不要让其他人的观点阻止我拥有成为一名音乐家的热情。"

　　格兰妮成长在苏格兰东北部的一个农场，从小就开始学习钢琴。随着年龄的增长，她对音乐的热爱与日俱增。但不幸的是，她的听力却在渐渐下降。医生认为，她在12岁时会彻底耳聋。可是，她对音乐的热爱却从未停止过。

　　格兰妮的目标是成为打击乐独奏家。为了演奏，她学会了用不同的方法"聆听"其他人演奏的音乐。她穿着长裤演奏，几乎用她所有的感官感受着声音世界。

　　格兰妮决心成为一名音乐家，而不是一名耳聋的音乐家。于是，她向伦敦著名的皇家音乐学院提出了申请。因为以前从来没有一个残疾学生提出过类似申请，一些老师反对接收格兰妮入学。但是，格兰妮的演奏征服了所有的老师，她顺利地入了学，并在毕业时获得了学院的最高荣誉奖。

从那以后，格兰妮的目标就是成为一位专职的打击乐独奏家。那时几乎没有专为打击乐而谱写的乐谱，她为打击乐独奏谱写和改编了很多乐章。

至今，格兰妮作为独奏家已经有十几年的时间了。她很早就下了决心：不会仅仅因为医生诊断她将完全变聋而放弃追求，因为医生的诊断并不意味着她的热情和信心不会有结果。

德国妈妈讲给孩子的话

梦想是付出热情的动力，而热情也是实现梦想的动力。孩子，如果你想展示你的才华，实现你的梦想，那么即使身处逆境、遭到不幸，也不要丢掉你追逐梦想的热情，更不要丢掉你那颗积极向上的心。

史蒂芬逊发明火车

史蒂芬逊出生于英国一个贫苦的矿工家庭。他的父亲是煤矿里一个看管蒸汽机的司炉工，母亲是一个普通的家庭妇女。全家八口人主要靠父亲微薄的收入来维持生活，日子过得十分艰难。史蒂芬逊上不起学，他就去给人家放牛了。那时候，他经常给父亲送饭，看到父亲工作的锅炉，他总是在思考这些机器是怎么

转动的。

在14岁的时候，他跟着父亲在煤矿当锅炉工的助手。当时英国的煤矿已经广泛使用蒸汽机来抽水，为了掌握蒸汽机的构造和原理，斯蒂芬逊从17岁开始报名读夜校，从小学一年级开始读起。经过几年的努力学习，斯蒂芬逊终于摘掉了文盲的帽子。

在1809年的一天，煤矿的一辆运煤车坏了，许多机械师修不好，斯蒂芬逊将它修好了，于是他被任命为工程师。就在这时，斯蒂芬逊听说有人想把蒸汽机用作陆路交通的动力，制造"能行走的蒸汽机"，他对这一设想产生了极大的兴趣。经过几年的努力奋斗，在33岁那年，他终于发明了一台蒸汽机。这台蒸汽机由于在前进时不断地从烟囱冒出火来，所以人们称它为"火车"。它能拖动三十多吨的货物，但速度很慢，而且样子很难看。由于没有装设弹簧，火车开起来震动得很厉害，因而遭到许多人的嘲笑。

但是，斯蒂芬逊并未灰心，他继续研究下去，于1825年试制成功世界上第一台蒸汽机车。同年9月27日，这辆机车举行试车典礼。它拖着12节货车和7节客车，载着90吨货物和450名旅客，以每小时二十多公里的速度行驶了12英里。1929年，斯蒂芬逊研究出了更加完善的火车，至此，火车终于得到了全世界的公认。

德国妈妈讲给孩子的话

火车现在是我们生活中不可缺少的交通工具之一，现在的火车都是从当年的蒸汽火车慢慢改进过来的。正是由于斯蒂芬逊对蒸汽机的钻研精神，他克服了种种阻碍，从而发明了蒸汽火车。

制作"梦幻口味"巧克力蛋糕

2005年2月的情人节前不久，佩森和乔瑟夫这对夫妇开了一家店——巧克力工坊，从此他们开始了一段新的事业旅程。他们从曼哈顿的上东区搬到布鲁克林的公园坡。他们发现公园坡没有任何一家巧克力咖啡馆，并认定这个市场可能存在空白——也许他们可以开一家这种店。

佩森和乔瑟夫对于巧克力制作都不是很有经验，但他们吃巧克力的经验倒是相当丰富。而且，这对夫妇越深入研究巧克力，他们就越热衷于此。经年累月，他们越来越想实现这个心愿——制作出纽约市最棒的巧克力蛋糕。

乔瑟夫说："这一切其实开始于我们打算'吃遍纽约市每一种巧克力蛋糕'的想法。我们先从较偏僻的甜点店开始，接着吃遍上西区的餐厅，最后在下东区尝试开我们自己的店。"在那个过程中，他们试图在市场上找出最顶尖的巧克力蛋糕。"但这很难。我们找不到一个尝起来完全符合要求的'梦幻口味'巧克力蛋糕。"乔瑟夫说。

于是，他们决定自己动手制作那个梦寐以求的蛋糕。为了做出理想中的梦幻蛋糕，他们进行过很多烹调试验，却怎么都做不出他们一直寻觅的味道。巧克力不是太苦就是太甜，要不就是蛋糕太干。两层巧克力跟三层巧克力有什么差别？糖霜的色调有多重要？糖的比例应该是多少？他们花了几乎一整年时间，才弄清楚了巧克力的质地及其特有的味道。佩森说："它必须能从叉子上滑落下来，而且要能带给人一种说不出的愉悦感。"

德国妈妈讲给孩子的话

你热衷于去做一件自己最想去做的事情吗？就像故事里的那对夫妇一样，为了寻找到他们心目中的"梦幻口味"巧克力蛋糕，他们几乎尝遍了当地市场上所有的蛋糕，并精心制作自己想要的那种蛋糕。这就是专注的力量，它会让你抛开失败的烦躁，为自己定下明确的目标，并且给你足够的动力去实现这个目标。

画家萨贺芬

她是个女佣，臃肿的身材，蓬乱的头发，指甲缝里都是黑泥。虽然她干了房子里所有的杂役，但她还是经常遭到房东太太尖声的催租和谩骂，她被生活压得喘不过气来。然而，每当夜晚来临，在她破旧的小屋里，在昏暗的油灯下，她就会趴在地板上细细地勾画着一幅幅画作——这是她一天中最快乐的时光，她忘记了所有的劳累和疲惫。

她没有画桌和画布，连颜料都是自己利用河底的淤泥、路边的野草、教堂的烛脂、动物血、面包屑等材料调制的"独家配方"。她以手指做笔，在一块块小木板上画着只属于她自己的画。

在法国桑里斯小镇上，她的人生就这样孤单地走过了好多年。没有人注意到她，人们只知道她是杜佛夫人家的帮佣。

1914年的一天，德国知名艺术评论家伍德在杜佛夫人的晚宴上，无意中见到被随手丢在角落里的一块画着苹果的小木板，无比惊讶的伍德急忙向主人打听作者的名字，杜佛夫人轻蔑地说："这不过是家里一个叫萨贺芬的女佣画的，她可从来没学过什么绘画。"

伍德当即买下了这幅画。他找到萨贺芬说："你是一个才华横溢的女画家，我要资助你学画，将来为你在巴黎举办个人画展。"萨贺芬高兴极了。

可萨贺芬的好运刚刚开始，命运就对她开了一个残酷的玩笑。一战爆发了，德国军队打进了法国。伍德在被迫逃离法国前告诉萨贺芬，希望她一直坚持画下去。萨贺芬越来越老了，很多人不愿雇她干活。没有了经济来源的她每天只吃一顿饭，靠着人们的施舍勉强度日。尽管生活如此艰难，窗外战火纷纷，但萨贺芬就像忘记了一切，仍然每天坚持画画。

13年过去了。当伍德再次来到桑里斯小镇，看到一个画展上写着萨贺芬的名字时，他怎么也想不到她居然还活着。他来到萨贺芬那个破旧的小屋，看见里面堆满了一幅幅姿态各异、色彩艳丽的画作。它们就像精灵，赞叹着女主人的坚强和执着。

在伍德的资助下，萨贺芬第一次购买了亮晶晶的银器，第一次有了宽大的画室，她为巴黎画展开幕给自己订做了一套一生中最昂贵的纱裙。然而，命运似乎又一次捉弄了萨贺芬。就在画展前夕，史无前例的全球经济危机爆发了，萨贺芬的作品突然没有了买家，而且伍德的个人财产也被法国政府没收。痛苦失望的萨贺芬又重新回到了破旧的小屋，在昏暗的烛光里，她握着画笔，疯狂地涂抹着。

1942年，萨贺芬在疗养院寂寞离世。1945年，在伍德的努力下，萨贺芬的作品终于在巴黎展出，萨贺芬一举成为法国现代原始画派的著名画家。

美国妈妈讲给孩子的话

孩子，每一个人来到这个世界都拥有独特的使命和价值，因为

129

每一个人都是独一无二的。面对困难，我们要坚信自己的使命和价值。就像萨贺芬，即使被命运捉弄了一次又一次，可是困难从来都未能阻挡她前行，她从来都没有屈服过，她坚信着自己的梦想，认定自己的价值，肩负自己的使命，一刻不停地努力着，所以她最终创造了奇迹。

第 **6** 章

专心致志，
你也可以创造奇迹

专注是一种可贵的品质。一个专注的人，往往能够把自己的时间、精力和智慧凝聚到所要做的事情上来，一心一意，专心致志，心无旁骛，发挥其积极性、主动性和创造性，努力实现既定的目标。

因为专注，我们增长才干，完善自我；因为专注，我们激发潜能，开拓创新；因为专注，我们获得成功，赢得荣光，创造奇迹……

破产后的巴尔扎克

巴尔扎克是法国19世纪著名的小说家、批判现实主义文学的巨匠。但在年轻的时候，他并不是作家，他曾从事出版和印刷业务，但由于经营不善，他的企业破产了，并欠下了巨额债务。债权人经常半夜来敲他的家门，警察局发出通缉令，要拘禁他。那时的巴尔扎克居无定所，后来实在没有办法，他在一个晚上，偷偷地搬进了巴黎贫民区卜西尼亚街的一间小屋里。

巴尔扎克隐姓埋名，躲进这间不为外人所知的小屋子里。周围的难民根本没有注意到他，他终于平静下来。他坐在书桌前，认真地反思着："多年以来，自己一直游移不定，今天想做这，明天又想改行做别的，所以自己始终没有集中精力去从事最喜欢的文学创作。"

想着想着，巴尔扎克蓦地站起来，从储物柜里找出拿破仑的小雕像，放在书架上，并贴了一张纸条，纸条上写着："彼以剑锋创其始者，我将与笔锋竞其业。"从此，巴尔扎克埋头致力于文学创作，最终在文学上取得了巨大的成就。

有一天早晨，巴尔扎克在外出散步时，特地在门上写了几个大字："巴尔扎克先生不在家，请来访者下午来。"

巴尔扎克一边散步，一边考虑着小说的结构、人物的对话、细节的安排……想着想着，他已经到了自己家门口，正要推门，忽见门上那两行

字，便不胜遗憾地说："唉！原来巴尔扎克先生不在家。"说完，他转身便
走了。

德国妈妈讲给孩子的话

一个正常的人怎么会忘记自己是谁呢？不要嘲笑巴尔扎克，他
并不是真的傻，他只是沉浸在自己的世界里，心思全在自己的文学
创作上。当一个人真的喜欢自己正在做的事情，足够投入的时候，
他就会像一个傻子一样痴迷于此，也许这才是极致的"专注"表
现吧。

"失败者"斯帕奇

在外人看来，一个绰号叫斯帕奇的小男孩在学校里的日子应该是难以
忍受的。斯帕奇读小学时各门功课常常亮红灯。到了中学，他的物理成绩通
常都是零分，他成了所在学校有史以来物理成绩最糟糕的学生。

斯帕奇在拉丁语、代数以及英语等科目上的表现同样惨不忍睹，体育也
不见得好多少。虽然他参加了学校的高尔夫球队，但在赛季唯一一次重要比
赛中，他输得干净利落。即使是在随后为失败者举行的安慰赛中，他的表现
也一塌糊涂。

在自己的整个成长时期，斯帕奇笨嘴拙舌，社交场合从来就不见他的人
影。这并不是说其他人都不喜欢他或讨厌他。事实上，在人家眼里，他这个
人压根儿就不存在。如果有哪位同学在学校外主动向他问候一声，他会受宠
若惊并感动不已。

斯帕奇跟女孩子约会时会是怎样的情形，大概只有天才晓得。因为斯
帕奇从来没有邀请过哪个女孩子一起出去玩过——他太害羞了，生怕被人

拒绝。

斯帕奇真是个无可救药的失败者。每个认识他的人都知道这一点，他本人也清清楚楚，然而他对自己的表现似乎并不十分在乎。从小到大，他只在乎一件事情———画画。

斯帕奇深信自己拥有不凡的画画才能，并为自己的作品深感自豪。但是，除了他本人以外，他的那些涂鸦之作从来没有人看得上眼。上中学时，他向毕业年刊的编辑提交了几幅漫画，但最终一幅也没被采纳。尽管有多次被退稿的痛苦经历，斯帕奇从未对自己的画画才能失去信心，相反，他决心成为一名职业的漫画家。

到了中学毕业那年，斯帕奇向当时的迪士尼公司写了一封自荐信。该公司让他把自己的漫画作品寄来看看，同时规定了漫画的主题。于是，斯帕奇开始为自己的前途奋斗。他投入了巨大的精力与非常多的时间，以一丝不苟的态度完成了许多幅漫画。然而，漫画作品寄出后却如石沉大海，最终迪士尼公司没有录用他——失败者再一次遭遇了失败。

生活对斯帕奇来说似乎只有黑夜。在走投无路之际，他尝试着用画笔来描绘自己平淡无奇的人生经历。他以漫画语言讲述了自己灰暗的童年、不争气的少年时光———一个学业糟糕的差生、一个屡遭退稿的艺术热爱者、一个没人注意的失败者。他的画也融入了自己多年来对画画的执着追求和对生活的真实体验。

连斯帕奇自己都没想到，他所塑造的漫画角色一炮走红，连环漫画《花生》很快就风靡全世界。从他的画笔下走出了一个名叫布朗的小男孩，这也是一名失败者——他的风筝从来就没有飞起来过，他也从来没踢好过一场足球，他的朋友一直叫他"木头脑袋"。

熟悉小男孩斯帕奇的人都知道，这正是漫画作者本人——日后成为大名鼎鼎的漫画家舒尔茨早年平庸生活的真实写照。

德国妈妈讲给孩子的话

如果你坚持去做自己一直喜欢的事情，你一样可以成功。就像故事中的那个小男孩，他是公认的"失败者"，可是最后成了大名鼎鼎的漫画家。人生路途虽然遥远，但你只要专心走好眼前的每一步，坚持做自己喜欢的、擅长的事情，那么，就能让每一个片段都成为永恒。

被赦免的死囚

在古印度，一名死囚在临刑前突然被告知：如果他能端着满满一碗水绕着皇宫走上一圈而滴水不洒，国王就会赦免他。死囚答应了。消息传出后，很多百姓都围着皇宫看热闹。皇宫周围是高低不平的石子路，还要走几十级上上下下的台阶。

闲人们在起哄："再走三步就要摔了!拐过墙角就要洒水了!"但死囚却好像什么都没听到，他死死地盯着碗里的水，一步一步地走了大半天才挪回出发点。一滴水都没有洒出来。

人群沸腾了，国王也非常高兴，他问死囚："你怎么就能一点水不洒呢？"死囚回答说："我端的哪里是水，分明是我的命啊!"

德国妈妈讲给孩子的话

显然，在巨大的心理压力下，在围观人群的起哄声中，在凹凸不平的石子路上和台阶上走来走去，想让满满的水一滴都不洒出来，是非常难的。但是，这位死囚做到了，为什么呢？因为他足够专注，在那段时间里，他心中除了那碗水，不会再有别的东西——

那碗水对他足够重要。很多事情都是如此，或许事情本身并没有那样困难，只因你认为它不是那么重要，所以你没有足够用心去做。

"点石成金"的莫瓦桑

在大自然中，金刚石以极少的矿藏量深埋在地底下。这种少得出奇的金刚石偏偏具有世界万物中独一无二的特性——它是自然界中最硬的一种矿石。金刚石的这一特性使它具有广泛的社会用途：有人将它镶嵌在金光闪闪的戒指、耳环等首饰上，以象征坚贞不渝的爱情；有人把它制成锋利无比的金刚钻，用来切割钢铁、玻璃等。

可是，储量如此稀缺的金刚石远远满足不了社会对它的巨大需求。渴望拥有金刚石的人往往会天真地想："要是有一天金刚石能成为大量存在的物品，那该有多好！"

1893年，法国科学院宣布了一条振奋人心的消息：法国化学家莫瓦桑研制出了人造金刚石！片刻间，这一爆炸性的特大喜讯传遍全法国，传遍全世界。人们轰动了，法国轰动了，世界轰动了！莫瓦桑一下成为新闻媒介的焦点，成为人们心目中巨额财富的生产者。在法国，甚至有人称他为"世界富翁"。

早在发明人造金刚石之前，莫瓦桑已经是法国一位颇负盛名的化学家了。1886年，莫瓦桑首先制取了单质氟。六年后，他又发明了高温电炉。不过，莫瓦桑并没有被鲜花和荣誉绊住前进的步伐，在科学的道路上，他仍旧一如既往地孜孜进取。

有一次，莫瓦桑准备进行一项化学实验，需要用到一种镶有金刚石的特殊器具。这种器具非常昂贵，因此实验室里的助手们倍加爱护。

早上，莫瓦桑来到实验室，做好实验前的准备工作。这时，各项仪器都准备好了，却找不到那镶有金刚石的昂贵器具。奇怪，怎么会突然不见了呢？

助手突然惊叫起来："啊？门好像被撬过了！莫非有小偷光顾？"

莫瓦桑仔细一看，门锁很明显被人撬开过。进实验室前，谁也没有留意到。这么说，小偷看上那昂贵的金刚石了。

这桩意外事件使莫瓦桑萌生了一个念头："天然金刚石如此稀少而昂贵，如果能人工制造金刚石，该有多好！"

可这谈何容易！作为化学家，莫瓦桑心里最清楚，"点石成金"这不过是美好的神话。要想制造金刚石，首先要弄清楚金刚石的主要成分，并了解它是怎样形成的。

莫瓦桑翻阅了许多资料之后了解到，金刚石的主要成分是碳。至于它是如何形成的，在这方面研究的成果很少，只有德布雷曾提出过金刚石是在高温高压下形成的。

莫瓦桑想到，要人工制造金刚石，需要有可供加工的原材料。选什么材料才合适呢？还从未有人做过这方面的尝试，看来，一切要靠自己摸索了。

有一次，有机化学家和矿物学家查理·弗里德尔在法国科学院做了一个关于陨石研究的报告，莫瓦桑也参加了。在报告中，查理·弗里德尔说："陨石实际上是大铁块，它里面含有极微量的金刚石晶体。"

莫瓦桑想，石墨矿中也常混有极微量的金刚石晶体，那么在陨石和石墨矿的形成过程中，是否可以产生金刚石晶体呢？想到这里，莫瓦桑的头脑中萌发了制取人造金刚石的设想。他对助手们说："金刚石的主要成分是碳，陨石里含有微量金刚石，而陨石的主要成分是铁。我们的实验计划是：把程序倒回去，把铁熔化，加进碳，使碳处在高温高压状态下，看能不能生成金刚石？"

人类历史上第一次人工制取金刚石的实验开始了。没有先例，没有经验，更没有别人的指点，一切都像在黑暗中探路一样。第一次失败了，认真总结经验，找出问题的症结所在，第二次再来……经过无数次反复实验，莫瓦桑的实验室里终于爆发出一阵激动的欢呼声，大家紧紧地拥抱在一起，他成功了！

从此，人造金刚石诞生了，并日益在社会生活中发挥着它那坚不可摧的威力。

德国妈妈讲给孩子的话

金刚石在人们眼里是那么昂贵的一种物品，谁也没有想到去制造它，但是莫瓦桑却想到了。这个在大多数人眼里被称为"美梦"的想法，却在不断的实验中成真了。这并不是偶然的成功，而是莫瓦桑经过反复的推敲、解析、实验得出的。其实没有什么事情是不能办到的，只要能剖开事物本质，发现它的核心，就能做到。难就难在，这个发现的过程需要你足够投入，足够专注。

卡特拆卸反应核

1951年，加拿大乔克河附近的一座核电站发生泄漏事故。等有关人员赶到时，核反应堆已开始融毁，如果不立即拆除反应核，上万人将会有生命危险。

当时，机器人还无法完成这么一项复杂的任务，必须有人钻进核反应堆内部，手工拆除反应核。这个人必须胆大心细，拆除过程中不能有半点差错。

核电站负责人最后选中了一个年轻人。他27岁，是美国海军少尉，受过核物理与核反应技术的专门训练，曾参与通用电气公司一个原子能实验室的设计施工，目前在美国原子能委员会华盛顿总部工作。

事不宜迟，负责人派专机把少尉接到了出事地点。工程师们首先搭建了一个临时核反应堆模型，与出事故的那个丝毫不差。下了飞机，年轻的少尉立刻在技师们的协助下开始研究模型，一遍遍地演练拆除反应核的每个步骤。拆除分四个阶段进行，每阶段必须在90秒内完成，连犹豫的时间都没有，所有步骤必须精确无误。记错一个阀门，拧错一个螺丝，后果将不堪设想。

演练结束，少尉二话没说，穿上防护衣，毫不犹豫地走进了核泄漏最严重的地方，独自面对一个正在融毁的反应核。

整个过程中，少尉所受到的核辐射等于常人一年最大辐射准许量的总和。很多专家认为在这么强的辐射下，年轻人生还的可能性微乎其微。他们唯一的希望是他能坚持到第六分钟，完成拆除任务。

半个多世纪后的今天，我们知道那个年轻人不但坚持到了第六分钟，而且成功地拆除了反应核。他就是诺贝尔和平奖获得者、美国第39届总统卡特。

德国妈妈讲给孩子的话

卡特之所以可以完成这个艰巨的任务，就是因为他在拆除的过程中足够专注。他能够把注意力全力集中到一个事物上面，与自己所关注的事物融为一体，不被其他外物所干扰，更不会萦绕于焦虑之中。

莫泊桑师从福楼拜

莫泊桑是法国著名的作家，他被称作"世界短篇小说巨匠"。1850年

8月，莫泊桑出生在法国西北部诺曼底省狄埃卜城附近的一个没落贵族家庭。他刚出生不久，父母就因为经常闹矛盾而分居了，小莫泊桑便跟随母亲生活。后来，他们搬到了海边的一个乡村里，母子俩相依为命，日子过得很艰辛。莫泊桑的母亲读过很多书，十分喜爱文学，她一有空就会坐在小莫泊桑的床边，给他讲有趣的童话故事和神话传说。每当这时候，小莫泊桑就会睁大眼睛静静地听着。在母亲的熏陶下，小莫泊桑对文学产生了浓厚的兴趣。

十岁那年，莫泊桑进入一所教会学校读书。教会学校的课程非常枯燥乏味，莫泊桑并不喜欢，于是他就把大多数时间用来阅读文学作品。这期间，他先后阅读了莎士比亚、狄更斯和雨果等大文学家的作品。莫泊桑还喜欢随身带着书，这样无论他走到哪儿都能读到它们。

可是，教会学校是不允许学生们阅读课外读物的。有一次，老师正在课堂上讲解《圣经》，莫泊桑就悄悄拿出一本莎士比亚的书在桌子下面阅读，可能是他读得太投入了，以至于连老师走到身边他都没有察觉。"莫泊桑，你在做什么？上课是不允许读课外书的！"老师非常生气地说，他不仅把他的书没收了，还罚他站着听一个月的课。

还有一次，大家都在教堂做弥撒时，莫泊桑偷偷从兜里把书拿出来看，结果又被老师发现了，被狠狠地训斥了一顿。不过，教会学校的严格制度并没有扼杀莫泊桑的读书热情，反倒让他暗下决心："我今后一定要做一名优秀的作家。"

莫泊桑中学毕业的时候正值普法战争爆发，他不得不中断学业应征入伍，成为了一名军人。1871年战争结束了，莫泊桑退伍后在卢昂市海军部和教育部当职员。在工作之余，他开始从事写作。

这时，莫泊桑有幸遇到了当时的法国文学大师福楼拜。福楼拜是莫泊桑的舅舅的同窗好友，正好也住在卢昂市。那段时间，莫泊桑一有空儿便带上自己的习作去福楼拜家请他指点。福楼拜对莫泊桑的文学才华也很欣赏，就收下他做学生。就这样，大文学家福楼拜成为莫泊桑文学上的导师，他们两人结下了亲如父子的师生关系。

有一天，莫泊桑又带着自己写的文章登门求教。他坦诚地说："老师，我已经读了很多书，为什么写出来的文章总是不生动感人呢？"

"哦，这个问题很简单，就是你的功夫还不到家。"福楼拜毫不避讳地说。

"那么……怎样才能使功夫到家呢？"莫泊桑急切地问。

"这就要肯吃苦、勤练习。你们家门前不是天天都有马车经过吗？你就站在门口，把每天看到的情况都详详细细地记录下来，而且要长期记下去。"

第二天，莫泊桑便遵照老师的指示，站在家门口，看着大街来来往往的马车。可是他从早看到晚，从日出看到日落，都没看出什么门道。接着，他又连续看了两天，还是没有发现什么。万般无奈，莫泊桑只得再次来到福楼拜家，他一进门就说："老师，我按照您的指示看了几天马车，没看出什么特殊的东西，满大街来来去去的不都是马车吗？这有什么可写的呢？"

"不，怎么能说没有什么东西可写呢？那些装饰华丽的马车跟装饰简陋的马车能一样吗？在烈日炎炎下，马车是怎样走的？在狂风暴雨中，马车又是怎样走的？当马车在爬坡时，马匹的姿势是怎样的？当马车下坡时，车夫又是怎样吆喝的？他的表情是什么样的？这些你都观察到了吗？这么多可观察、可记录的东西，怎么会没有什么可写的呢？"福楼拜滔滔不绝地说着，"如果你能像画家一样，把车夫和乘客的行为和动作都记录下来，并传神地表达出他们的内心世界，你的写作便过关了！"

从此，莫泊桑一回到家便站在大门口，全神贯注地观察过往的马车。他记下了各种各样的马车行进场面，并写了一些作品。莫泊桑觉得自己已经掌握了写作的要领，便再一次去请福楼拜指导。

福楼拜认真地看了几篇，脸上露出了微笑。他对莫泊桑说："你的确有了一些进步，但是年轻人，你永远不要忘记，'才气'是长期专注、坚持不懈的结果。所以，你还是要努力坚持写下去啊。"

福楼拜看莫泊桑在凝神地听着，便又继续说道："对你所要写的东西，光仔细观察还不够，还要能发现别人没有发现和没有写过的特点。比如说，你要描写一堆篝火，就要努力去发现它和其他的篝火不同的地方。当你走过一个吸着烟斗的守门人面前时，就要学着用画家的手法把守门人的身材、姿态、面貌、衣着都表现出来，让读者看了以后，不至于把他同农民、马车夫或其他任何守门人混同起来。当你能做到这些的时候，你才真正成功了！"莫泊桑点了点头，他从心里佩服老师的精妙指教。

有一次，莫泊桑带着一篇新作去老师家，他发现桌子上的文稿每页都只有一行字，他不解地问道："老师，您这样写不是太浪费了吗？"福楼拜笑笑说："你知道吗？我每页只写一行字，其余的是留着修改用的。"莫泊桑听罢立即起身告辞，继续修改自己的作品去了。

就这样，福楼拜通过他的言传身教，让莫泊桑领略了文学创作的真谛。莫泊桑也把老师的话牢牢记在心头，更加勤奋努力。他仔细观察，用心揣摩，积累了许多素材，终于写出了诸如《羊脂球》《我的叔叔于勒》《项链》等一大批享有世界声誉的短篇佳作。

德国妈妈讲给孩子的话

莫泊桑成为一代文豪，在我们常人看来非常了不起。他成功的原因却非常简单，就是锁定目标之后，专注地一遍又一遍，重复再重复。因此，我们要足够认真，要有精益求精的追求态度，更要专心，只有这样才会取得成功。

手表与草帽

1905年，在德国巴伐利亚的一座小城里，没有人不知道一位叫菲尔德的钟表匠，因为他的手表做得非常好。

这个消息被同城的一位叫威尔斯多夫的钟表商知道了，于是他急忙找到了菲尔德，看了菲尔德那些纯手工制造的手表，他非常惊讶！

威尔斯多夫打算请菲尔德到他的公司当技术总监，并购买菲尔德研制手表的技术。但菲尔德都拒绝了，菲尔德的理想是研制出一款世界上最好的手表来。威尔斯多夫知道如果不能在菲尔德之前研制出那款手表，自己的公司将会受到前所未有的威胁。

显然在技术上，菲尔德更胜威尔斯多夫一筹。就在威尔斯多夫苦无良策的时候，他突然得到了一个消息：菲尔德在研制手表的同时，还兼做草帽生意。

威尔斯多夫立即让助手去向菲尔德定购草帽。果然，菲尔德在收到草帽的订单后，决定将研制手表的事情暂时放一放，而先去赶制草帽了。

就这样，威尔斯多夫为自己尽快研制出手表并抢先上市赢得了时间。他给那款有着防水和自动功能的手表取名为"劳力士"。

当劳力士手表迅速地占领市场，并成为世界品牌后，威尔斯多夫才指着自家后院那一院子的草帽告诉菲尔德，那就是他的产品。恍然大悟的菲尔德这时已悔之晚矣。

德国妈妈讲给孩子的话

菲尔德怎么也没想到，自己失去商机的原因在于自己经营的草帽生意。如果菲尔德只专注研制手表，情况就会完全不同了。因此，要想成就一番事业，就必须努力排除外界的干扰。环境越复杂，越能凸显专注的重要性。在人生道路上，你可能会面临很多诱惑，只有排除一切干扰，专心致志，你才能获得成功。

少年比尔·盖茨

1968年的秋天，在湖滨中学上学的比尔·盖茨第一次接触计算机，这个神奇的事物便深深地进入比尔的视野与神经。比尔开始疯狂地迷上了计算机。

在那个计算机刚起步的年代，上机编程费用太昂贵了，尽管它那么奇妙，那么吸引人。但聪明好学的比尔总在不断寻找甚至创造机会上机编程序。那个时候，比尔常与伙伴们一起乘车到湖滨中学附近一家新办的计算机中心编写程序，他一直忙到累得无法继续才回家。他们常常是一边吃着从附近食品店买来的面包，一边忙着编程工作。比尔在伙伴中表现得最顽强。在家里，他常常为了一个问题费尽心机地苦苦思索。他的房间里到处都是电传纸和计算机纸。

晚饭后，兴趣高涨的比尔常假装上床睡觉，然后偷溜出家门，坐十来分钟汽车去计算机中心继续他的编程工作。偶尔他回来得太晚了，汽车已经停运了，他只好走路回家，但他似乎乐此不彼。

在哈佛大学里，学习计算机的条件优越多了，比尔简直如鱼得水，他以极大的精力投入到编程中。为了赶一个程序，他一干就是36小时以上。有时困了，他就趴在桌上睡着了，醒来后继续工作。忙完工作后，比尔一回宿舍倒头便睡，有时太投入了，以至于他做梦还想着计算机的事。比尔对不关心的事却极少在意，无论是课程、衣着，还是睡觉、社会交际等。尽管那时家里很富有，他总是穿得比别人破。在生活中，他有坚强的意志力，不为欲望左右。比尔在哈佛求学时，几乎没有追求过任何女孩子，未与任何人有过约会，尽管他有许多这样的机会。因为，他把自己的一切兴趣、时间与精力都倾注于对计算机知识的学习与研究上。正是因为比尔高度的专注力，他才能取得举世瞩目的成功。

德国妈妈讲给孩子的话

一个人只有加强对专注力的培养，才有可能对自己所从事的事情全身心投入，才能排除干扰走向成功。比尔·盖茨做到了，他全身心地投入到计算机事业中去，如痴如醉，最后取得了举世瞩目的成就。

"纽扣大王" 诞生记

有一对普普通通的夫妻，丈夫没什么爱好，教学之余，不是到图书馆翻翻杂志，就是到妻子的小店转悠转悠。妻子也没什么大的志向，除了卖纽扣，最多再卖些头饰、胸花之类的小玩意儿。女儿学习也很一般，没拖拉过作业，也没有得过一次奖。总之，一家人都是普通人，过的日子也是普通人的日子。

一天，丈夫告诉妻子，他有一个新发现。妻子问是什么发现。丈夫说，他在图书馆看一份杂志，介绍的全是世界上列入五百强的大公司。他发现他们都是一根筋、一条路。

妻子问什么意思。丈夫说："打个比方，你卖纽扣，就只卖纽扣，卖所有品种的纽扣，店再大，都不卖别的。"

自从有了这个新发现后，他从没有放弃琢磨。他认真查阅了世界第一强——零售业的老大沃尔玛。他发现它自始至终只做零售，钱再多都不买地，都不去做房地产。他又查阅了美国通用汽车公司，它是世界第二强，一百多年来，也是只做汽车与配件，资产达到8万亿了，都不去做航空与轮船。他还研究了世界首富比尔·盖茨，他发现此人也是一条路走到底，钱再多，他都只做软件，其他行业再赚钱都不去做。丈夫自言自语说道："是不是心无旁骛地做一件事，更容易成为强者？"

有了这一认识之后，丈夫有些心动了。一天晚上，他对妻子说："以后再进货，头饰、胸花之类的东西不要再进了，全进纽扣，有多少品种进多少品种，看看会怎么样。"

也许是他发现了天机，也许"从一而终，坚持一条路走到底"这种做法本身就蕴藏着天机。总之，自此之后，一家航空母舰式的纽扣店在这座城市出现了，所有做纽扣批发和销售的人来到这座城市，都是直奔这家纽扣店而来，他也因此成了"纽扣大王"。

德国妈妈讲给孩子的话

有句古语是这么说的："能够到达金字塔顶端的动物只有两种，一种是苍鹰，一种是蜗牛。"苍鹰之所以能够到达，是因为它们拥有傲人的翅膀；而慢吞吞的蜗牛之所以能够爬上去，是因为它认准了自己的方向，并且一直沿着这个方向努力。"纽扣大王"之所以能够成功，秘诀在于"蜗牛精神"——"从一而终，坚持一条路走到底"。

车站咨询台

世界上最紧张的地方可能要数只有十平方米的纽约中央车站咨询台。每一天，那里都是人潮汹涌，形色匆匆的旅客都争着咨询自己的问题，都希望能够立即得到答案。对于咨询台的服务人员来说，工作的紧张与压力可想而知。可柜台后面的那位服务人员看起来一点儿也不紧张。他身材瘦小，戴着眼镜，一副文弱的样子，显得那么镇定自若。

在他面前的旅客是一个矮胖的妇人，她头上扎着一条丝巾，脸上充满了焦虑与不安。咨询台的先生倾斜着上半身，以便能听到她的声音。

"是的，你要问什么？"他把头抬高，集中精神，透过他的厚镜片看着这位妇人问道，"你要去哪里？"

这时，有位穿着入时、手上提着皮箱、头上戴着昂贵的帽子的男子试图插话进来。但是，这位服务人员却旁若无人，只是继续和这位妇人说话："你要去哪里？"

"春田。" 小妇人答道。

"是俄亥俄州的春田吗？"服务人员询问道。

"不，是马萨诸塞州的春田。" 小女人解释道。

咨询台的先生根本不需要行车时刻表，就说："那班车是在十分钟之内，在第15号月台出车。你不用跑，时间还多得很。"

"你是说15号月台吗？"小妇人问。

"是的，太太。" 服务人员确定地答道。

女人转身离开，这位先生立即将注意力转移到下一位客人———戴着帽子的那位男子身上。但是，没多久，那位太太又回头来询问月台号码。

"你刚才说是15号月台？"这一次，这位服务人员集中精神在下一位旅客身上，不再管这位头上扎丝巾的太太了。

有人请教这位服务人员："能否告诉我，你是如何做到并保持冷静的呢？"

他这样回答："我并没有和公众打交道，我只是单纯地处理每一位旅客的事务。忙完一位，才换下一位。在一整天之中，我一次只服务一位旅客。"

德国妈妈讲给孩子的话

驯兽师们都知道，面对大象或是猴子，在训练时，一次只能让它们做一个动作，也就是让它们的脑海里只决定一件事，否则，它们根本学不会那些复杂的动作。而且，它们的大脑神经也会拒绝一次决定两件以上的事情，这是它们的本能。我们其实也一样，当你一次只做一件事，你可以静下心来，心无旁骛，一心一意，把那件事做到最好。

 # 希尔斯的信念

在很多人眼中，他是一个失败的小人物，离婚、失业、独居，甚至因为花光了所有的积蓄而使自己一度陷入深深的绝望。

就是这样一位众人眼中的小人物，却在美国创办了一家特殊的网站。之所以说它特殊，是因为在这个界面简陋的网站上，随便输入任何一个汉字，人们都可以找到它的字形在历史上演变的过程——小篆、金文，甚至还能追溯到几千年，看到它被刻在甲骨上的模样。这样的汉字字源网站即便是在中国也绝无仅有，更不要提在大洋彼岸的美国。由于网站在网络上被广为传播，它的创办者，那位满头白发的美国老人，一时间成为了热门人物，甚至被网络称为"2011年第一个感动中国的外国人"。

网站的火爆是他所没想到的，更令他没想到的是他会因网站而成名，在他花甲之年，为了创建那个网站，他花费了20年的时间和全部的存款，他身边的朋友和家人却几乎没有人觉得那是一件有意义的工作。20年的时间很漫长，在漫长的时间长河里，他一个人在寂寞中坚持着……

他就是希尔斯，家住美国田纳西州的一位普通老人。38年前，当希尔斯突发奇想开始学中文时，这个物理系的大学生只是希望了解那些说别的语言的人是如何思考、交流的。他来到了台湾，在街头跟人聊天，并且在那里结识了后来的妻子。

口语练好了，希尔斯又开始张罗着学认字。可是那些毫无逻辑的汉字笔画总是让他一头雾水。于是，这个已经步入中年的男人再一次"突发奇想"，研究起了古汉字。

可在英文书籍里，关于汉语古文字的书籍只有一本。并且，关于词源的解释，不同的书籍解释也不相同。希尔斯又琢磨着把不同的解释都输入电脑，这样自己就可以很方便地从中挑选出词源。为此，他先开发了一个小程序，到了2003年，又把它们搬上了互联网。

现实里的希尔斯是一位电脑工程师。年轻的时候，他在硅谷的一家IT公司拿着一份不错的薪水。也就是那个时候，他雇用了一位中国妇女，教她用电脑，并且让她从几百本书里把汉字不同的字形扫描到电脑里。但现在，这个曾经一身结实肌肉的帅小伙儿已经身材发福，头发花白。

在希尔斯眼中，有些东西比金钱更重要，只可惜很多人没有看到这一点。身边的人们几乎没人能理解他的坚持，其中也包括他最终选择离婚的妻子。

只有网上一些学习中文的人才会写信给他，夸赞他做了一项"伟大的事业"。这些人并不知道，希尔斯已经连租用服务器所需要的每年47美元的费用都快付不出来了。当生活的艰辛与精神的富饶在希尔斯的身上形成了一种悖论时，他陷入了绝望之中。

生活还要继续，网站还要办下去。当希尔斯成为网络名人时，他正在加利福尼亚州给自己92岁的母亲过生日。这个两年前才退休的中学数学老师是唯一没有抱怨过希尔斯工作的家人。

面对来自于中国的鼓励与赞扬，这位美国老人内心又一次燃起希望。"这么多年过后，那些中国的朋友终于让我的母亲相信，我做了一件正确的事情。"他笑着说。面对这种迟到的肯定，他的笑容里有一种自豪，虽然他付出了太多太多，早已无法用金钱去衡量。

德国妈妈讲给孩子的话

希尔斯用20年的时间，完成他的"伟大的事业"。这20年的时光他失去了很多，但毫无疑问，他也收获了很多。喜欢的事情要做就要专心把它做好，这就是希尔斯的信念。

专心致志的哈里斯

美国一家大公司在招聘员工时，特别注重考察应聘者专心致志的工作作风。通常在最后一关，都由总裁亲自考核。

现任经理要职的哈里斯在回忆当时应聘的情景时说："那是我一生中最重要的一个转折点，一个人如果没有专注的工作精神，那么他就无法抓住成功的机会。"

那天面试时，公司总裁找出一篇文章对哈里斯说："请你把这篇文章一字不漏地读一遍，最好能一刻不停地读完。"说完，总裁就走出了办公室。于是他深呼吸一口气，开始认真地读起来。

过了一会儿，一位漂亮的金发女郎款款而来，对他说："先生，休息一会儿吧，请用茶。"她把茶杯放在茶几上，冲着哈里斯微笑着。哈里斯好像没有听见也没有看见似的，还在不停地读。又过了一会儿，一只可爱的小猫伏在了他的脚边，用舌头舔他的脚踝，哈里斯只是本能地移动了一下他的脚，丝毫没有影响他的阅读，他似乎也不知道有只小猫在他脚下。那位漂亮的金发女郎又飘然而至，要哈里斯帮她抱起小猫。哈里斯还在大声地读，根本没有理会金发女郎的话。

终于读完了，哈里斯松了一口气。这时，总裁走了进来，问："你注意到那位美丽的小姐和她的小猫了吗？"

"没有，先生。"哈里斯如实回答。

总裁又说道："那位小姐可是我的秘书，她请求了你几次，你都没有理她。"

哈里斯很认真地说："你要我一刻不停地读完那篇文章，我只想如何集中精力去读好它。这是考试，关系到我的前途，我不能不专注一些。别的什么事我就不太清楚了。"

总裁听了，满意地点了点头笑道："小伙子，你表现不错，你被录取了！在你之前，已经有五十多人参加考试，可没有一个人及格。"

他接着说："在纽约，像你这样有专业技能的人很多，但像你这样专注工作的人太少了！你会很有前途的。"

果然，哈里斯进入公司后，靠自己的业务能力和对工作的专注和热情，很快就被总裁提拔为经理。

德国妈妈讲给孩子的话

世界上最可怕的人就是认真的人，你也能像哈里斯一样专注自己的目标，不受任何东西干扰吗？要想经受住外界的诱惑，需要疯狂般地锁定自己的目标，决不改变，并不断告诫自己——要专注，要用心。你只有如此，才能成功。

"弗里亚"之谜

1940年，布列塔尼北海岸一个叫拉尼翁的小村庄增添了一个"弗里亚"雷达站，整天由一个德军高炮连日夜护卫。炮口仰视天空，随时准备击落扑来的飞行物。

这年7月，英国某情报局的官员琼斯从情报员那儿获悉，这种"弗里亚"雷达是德军新配置的防空武器。顿时，英国谍报机关议论纷纷，不少人嚷嚷："马上对雷达站进行空中照相，然后凭照片研究。"不少人却建议："不间断地监测来自拉尼翁的辐射信号，那样比较科学。"而积累了大量神话学知识的琼斯却断定："弗里亚"这代号一定含有神话背景。"

琼斯冲大伙摆摆双手，耸耸肩说道："你们先别吵，我觉得这雷达跟某个神话有关！"所有的情报人员不以为然地讥笑："琼斯，你在虚构一篇小说吧？"当天晚上，琼斯进入情报局资料室，埋头于大量神话资料之中。一直翻到半夜，琼斯才弄清："弗里亚"是北欧日耳曼民族代表美、爱和多育之神的名字。可是，这跟雷达有什么关系呢？琼斯满腹狐疑。

情报局有关神话学的资料非常有限。第二天，琼斯迈进了伦敦大英图书馆。整整一天，琼斯翻阅了数十本神话学"书砖头"，几乎一无所获。快至关门时分，琼斯几乎是灰心丧气地打开了第90本书，胡乱翻阅着。

突然，一段文字赫然跳入他眼帘："弗里亚女神有一件最值得自傲的私物，是一条叫做"布里辛盖门"的精致项链，诸神的看守黑姆德尔专门守护着这条项链；不管白天黑夜，黑姆德尔都能朝任何方向观察一百英里远。"琼斯欣喜若狂，将那本神话学书高高地抛到半空，又一阵风似的扑过去接住。

图书馆管理员见他发疯一般，嘲笑道："喂！尊敬的先生，你别在现实中创造神话了，到了关门的时候啦！"

琼斯乖乖地放好那本书，神秘地冲这管理员抛个微笑："先生，你知道'弗里亚'代表什么吗？"

"代表神经病！"管理员不耐烦地冲撞他。

琼斯一溜烟跑回办公室，向前来探询的同事兴奋地嚷嚷："不是虚构一篇小说，更不是神话，'弗里亚'是一种轻便式中程预警雷达。黑姆德尔本来可以作为这种雷达的最好代号，但这样做也许太明显了。德国人非常狡猾，他们转了一个弯，称它为'弗里亚'。"同事们感到惊奇："这小子居然解开了神秘的'弗里亚'之谜。"

事实证明，琼斯的判断完全正确。

德国妈妈讲给孩子的话

琼斯能解开"弗里亚"之谜，固然离不开他自身作为间谍的敏锐观察力。更重要的是，他有一颗坚定的求知心。即使是遭到同事的嘲笑，他也要去查清楚到底是什么原因。永远不要低估一个人的求知欲，强烈的求知欲望是走向成功的强大动力。

非洲豹捕食

在一望无际的非洲大草原，一只非洲豹向一群羚羊扑去，羚羊拼命地四散奔逃。非洲豹的眼睛盯着一只未成年的羚羊，穷追不舍。

在追与逃的过程中，非洲豹超过了一只又一只站在旁边惊恐观望的羚羊。但对那些和它挨得很近的羚羊，它却像未看见一样，一次次地放过它们。

终于，一只未成年的羚羊被凶悍的非洲豹扑倒了，挣扎着倒在了血泊中。

那只豹子为什么不放弃先前那只羚羊而改追其他离得更近的羚羊呢？

原来，豹子已经跑累了，而其他的羚羊并没有跑累。如果在追赶途中改变了目标，其他的羚羊一旦起跑，转瞬之间就会把疲累不堪的豹子甩到身后，因此，豹子始终不会丢开已经被自己追赶累了的羚羊。

德国妈妈讲给孩子的话

狮子去喝水时，它们会一直走向水塘，中途不做别的事，就是碰到猎物也不会去追捕，这样它才能喝到水；猴子在摘野果时，中途不会去喝水，这样它才能摘到野果；大象去洗澡时，会一直向水塘走去，中途也不会去干别的，这样它才能顺利洗澡。因此，只有专注，你才能顺利实现自己的目标。

居里夫人的成功秘诀

物理学家亨利·贝克勒尔发现，含铀的盐类会发出一种看不见的射线。当时，这种神秘射线的来源对科学家们来说还是一个算不出答案的难题。居里夫妇正是从解决这个难题入手，开始了他们共同的生活和战斗。他们经过反复的研究和试验，终于从沥青状铀矿里先后发现了放射性元素——"钋"和"镭"。

亨利·贝克勒尔的难题被攻下以后，居里夫妇并没有停止他们的脚步，而是继续向光辉的顶点前进。当时，几乎所有的化学家、物理学家对于镭的发现都持观望态度。因此，居里夫妇又给自己提出了一个新的攻坚任务：从沥青状铀矿中取出"相当"分量的镭，拿出"真凭实据"来，证明这种"神秘"射线的存在。

没有钱买沥青状铀矿做试验，他们就用沥青状铀矿的残渣代替；没有实验室，他们就借用所在学校的一间简陋的木板房搞实验。两位科学家向大自然的开战就这样开始了。要把大量的矿渣加热，再在盛矿渣的大桶里每次搅拌好几个小时，是一项艰巨的体力劳动。小屋里散发出来的刺激性很强的蒸汽使人窒息。居里夫妇正是在这种恶劣的条件下，进行着提取"镭"的不懈的搏斗。为了使实验不间断，他们往往就在这里边做实验，边做顿简单的饭来充饥。

日复一日，年复一年，时间到了1902年深冬的一个雪夜，居里夫妇肩并着肩、手挽着手，迎着万家灯火，踏着厚厚的积雪，习惯地向他们的实验室走去。当皮埃尔·居里划火柴开门的时候，玛丽·居里拦住他说："不要点亮。"他们摸黑走进小屋，顿时惊呆了。

这间简陋的木板房简直成了一个魔宫：瓶子里、罐子里、桶里都放射出了一片晶莹的蓝光，那支玻璃管里放射出来的光更是更加夺目。看不见的射线被他们看见了！神秘的射线被揭穿了！他们日思夜想的"镭"诞生了！

可是谁曾想到，这世界上的第一克"镭"竟是居里夫妇从八吨沥青状铀矿的残渣碎屑中，经过整整四年的辛勤劳动才提炼出来的。它像镶嵌在科学之巅的一颗明亮的珍珠，被不畏劳苦的居里夫妇亲手摘下来了！这一克"镭"的诞生包含着居里夫妇多少次失败的教训啊！至于这一克"镭"究竟盛着他们多少劳动的汗水和脑汁，那却无法计算了，但是从居里夫人在学生时代给她哥哥写的信中，我们可以看到这个伟大事业的成功所在："人必须有耐心，特别是要有信心。我应该相信，自己对于某种事业有特殊的才干，并且应该不惜任何代价来完成这个事业。"

德国妈妈讲给孩子的话

你很专注地干过一件事情吗？ 24小时全身心地投入，不想别的，心里就想着一件事情，那种感觉只有亲身体会才知道。专注的力量很大，它能把一个人的潜力发挥到极致，一旦达到那种状态，你就没有了自我的概念，所有的精力都集中到了一点。在这种状态下，还有什么任务难以完成呢？

认真做好一件事

有一位画家举办过十几次个人画展。无论参观者多少，他的脸上总是挂着微笑。有一次，有人问他："你为什么每天都这么开心呢？"他便讲了一件事情：

"小时候，我兴趣非常广泛，也很要强。画画、拉手风琴、游泳、打篮球等等，必须都得第一才行。这当然是不可能的。于是，我心灰意冷，学习成绩一落千丈。"

"父亲知道后，找来一个漏斗和一捧玉米种子。让我双手放在漏斗下面接着，然后捡起一粒种子投到漏斗里面，种子便顺着漏斗滑到了我的手里。"

"父亲投了十几次，我的手中也就有了十几粒种子。然后，父亲一次抓起满满的一把玉米粒放在漏斗里面，玉米粒相互挤着，竟一粒也没有掉下来。"

"父亲对我说：'这个漏斗代表你，假如你每天都能做好一件事，每天你就会有一粒种子的收获。可是，当你想把所有的事情都挤到一起来做时，反而连一粒种子也收获不到了。'"

德国妈妈讲给孩子的话

很多人最常犯的错误就是兴趣太广泛，爱好众多，过于贪心，于是做事情总是浅尝辄止，"不停地挖井，却一辈子喝不到水"。很多才华横溢的人，会的事情太多，所以什么都干，到头来什么都没干成，因为他们既想做这个也想做那个，没有踏踏实实地干一件事。

不专注的小麻雀

小麻雀出生后，在妈妈的精心照顾下，羽毛渐渐丰满。

一天，妈妈对他说："孩子，你也成人了，不能经常呆在家里，要学点技能。"

"学什么呢？"小麻雀问。

"学百灵鸟唱歌，它的歌声给人们带来了欢乐，使人们忘记了忧愁和烦恼。"妈妈回答。

小麻雀高兴地找百灵鸟学唱歌。不久，他哭丧着脸回来，说："妈妈，我开口唱了两句，他们就笑我，我不学了。"

"你去找燕子学捉蚊子。"妈妈说。

小麻雀乐意地去了，去了两天回家，噘着嘴对妈妈说："窜云入雾，忽高忽低地飞，我受不了那苦。"

"那你去学喜鹊给人们报喜吧。"妈妈又劝说他。

小麻雀一蹦一跳地去了。结果和上两次一样，不到几天就回来了，不等妈妈问，它就说："整天看看谁家喜事，这既操心又单调，我不干。"

就这样，小麻雀不听妈妈的劝说，再也不学本领了，一生无一技之长。

德国妈妈讲给孩子的话

孩子，你不想成为什么都不会做的小麻雀吧？学习需要有专注的精神和坚持的毅力，很多时候，它并不能在轻松愉快的境遇中就能完成。所以，缺乏毅力的人往往一事无成。即便是拥有战胜大海能力的海燕，要是没有了毅力，不肯好好学习飞翔，也只能像小麻雀一样，最终无一技之长。

光顾喂鸟器的松鼠

比尔是个成功的演说家和作家，他喜欢在闲暇时间观察鸟类。几年前，比尔买了一幢新房子，附近草木茂盛。他入住后的第一个周末，就在后院里装了个喂鸟器。就在当天日暮时分，一群松鼠弄倒了喂鸟器，吃掉里面的食物，把小鸟吓得四散而去。在接下来的两周里，比尔绞尽脑汁想出各种办法让松鼠远离喂鸟器，就差没有使用暴力了，**但丝毫不起作用**。

万般无奈之下，他来到当地一家五金店。在那儿，他找到了一种与众不同的喂鸟器，它还有个让人动心的名字，叫"防松鼠喂鸟器"，这回可保万无一失。他买下它，它并安装在后院里。但天黑以前，松鼠又大摇大摆地光顾了"防松鼠喂鸟器"，照样把鸟儿吓跑了。

比尔拆下喂鸟器，回到五金店，要求退货。五金店的经理回答说："别着急，我会给你退货的，不过你要明白，这个世上可没有什么真正的防松鼠喂鸟器。"比尔惊奇地问："你想告诉我，我们可以把人送到太空基地，可以在几秒钟之内把信息传到任何一个地方，但我们最尖端的科学家和工程师都不能设计和制造出一个真正有效的喂鸟器，不能把那种脑袋只有豌豆大的啮齿类小动物阻挡在外？你是想告诉我这个吗？"

"是啊，"经理说，"先生，我得问你两个问题。首先，你平均每天花多少时间，让松鼠远离你的喂鸟器？"比尔想了一下，回答说："我不清楚，大概每天十到十五分钟吧。"

"和我猜的差不多，"那位经理说，"现在，请回答我第二个问题：'你猜那些松鼠每天花多少时间来闯入你的喂鸟器呢？'"

比尔马上会意：在松鼠醒着的每时每刻，它们都试图闯入喂鸟器。

原来松鼠在不睡觉的时候，98%的时间都在寻找食物。在专注面前，智慧的头脑和优势的体格节节败退！

德国妈妈讲给孩子的话

想要把事情做得更好，并不一定需要特别先进的设备。人们更需要的是：为了目标可以心无旁骛，投入所有的时间，发挥所有的才干。如果你比对手更专注，你就可能将他们抛在身后。当你想要做好一件事，你可能要付出更多的时间和精力。